河出文庫

水曜の朝、午前三時

蓮見圭一

河出書房新社

目次

水曜の朝、午前三時

これは、四条直美という女性が病床で吹き込んだ四巻のテープを起こしたものである。

一九九二年の年明けに脳腫瘍《しゆよう》の告知を受け、築地《つきじ》の国立がんセンターに入院した四条直美は、その年の秋に死んだ。四十五歳だった。彼女は翻訳家であり、詩人でもあったので、数日後、社会面の左隅に二十行ばかりの死亡記事が掲載された。いい記事だったけれど、写真があればもっとよかったのにと思う。

テープは直美が危篤《きとく》に陥る二週間前に、ニューヨークに留学していた一人娘の葉子のもとへ郵送された。当初、直美は自分で吹き込んだテープをもとに、娘に宛《あ》てた長い手紙を書くつもりでいたらしい。あとに残された便箋《びんせん》に三枚ほどの走り書きが、そのことを問わず語りに語っている。ニューヨークに届いた四巻のテープは、直美が愛用していたオメガの腕時計とともに、この便箋に包まれていたのである。

葉子は、その書きかけの便箋をとても大事にしている。母親が記した最後の文字を繰り返し目で追った彼女は、いまではその内容を空で話すことができる。けれども、葉子はテープの内容をまとめ上げることはしなかった。誰よりも母親を崇拝していた葉子にとって、それは難しい作業だったのかもしれない。テープの内容は、とうてい父親に聞かせられるようなものではなかったからだ。

四条直美は、確かに品行方正なだけの女性ではなかった。彼女は多くの人に愛されていたけれど、それと同じくらいの数の人たちに憎まれ、恐れられてもいた。とはいえ、表立って誰かを批判したり、攻撃したりするような女性ではなかった。軽蔑《けいべつ》するしかない人間に出会っても、彼女はただ、ほんの数秒相手の目を見つめるだけだった。葉子も何度かそんな目で見つめられ、子供心に母親に対して恐れの混じった不思議な感情を抱いたことがあるという。それでも葉子にとって、四条直美が特別の女性だったという事実には少しも変わりはない。

僕が初めて葉子に会ったのは六歳の春だった。僕たちは一年青組のクラスで一緒だったのだ。

学校時代、葉子はずっと首席だった。長い学生生活の間には何人ものライバルが現れたけれども、誰一人、彼女には歯が立たなかった。葉子は何の苦もなく教師の質問に答えたし、母親の影響もあってか、六年生の時にはフィリップ・マーロウの物語を原書で読んでいた。暮らしぶりもＩＱの数値にふさわしいもので、夏休み明けにはきまって軽井沢の街並や浅間山を描いた絵日記を提出した。葉子の描く浅間山はひどく険しく、そして大きな山だった。

「葉子は俺たちとは血筋が違うんだよ」

四年生の夏、プールからの帰りに同級生の一人がそう言ったのを思い出す。道ばたで買ったアイスクリームを舐《な》めながら、彼はこんなふうに続けた。

「うちのお母さんが言ってたけど、葉子の家はすごいんだってさ。お母さんも頭がいいし、ひいおじいちゃんなんか、ものすごく偉い」

こんな話を聞かされると、家柄や血統といった後ろ盾を持たない子供たちはぼんやりとした不安を感じるものだ。

「偉いって、どれくらい？」

別の同級生が恐るおそる訊《たず》ねると、彼は我がことのように得意になって答えた。

「偉すぎて、Ａ級センパンになったくらいだよ」

その場にいた同級生たちが感心したように頷《うなず》くので、僕も一緒になって頷いた。でも、Ａ級センパンというのがどれほど偉いのか、実のところよく分からなかった。Ａである以上、ＢやＣよりは偉いのだろう。ただ単にそう思っただけだ。けど、センパンってのは一体何なんだ？ それが疑問だったけれど、他のみんなが納得している以上、安易に訊ねるわけにいかなかった。僕たちは同級生に何かを訊ねるという習慣を持ち合わせていなかった。世田谷《せたがや》の四年生たちは、すでに物を知らないと思われることを何よりも恐れるようになっていたのだと思う。

Ａ級センパンというのは何なのだろう？ いましがた聞いたばかりの言葉を忘れないように、僕は心の中で「センパン、センパン」と繰り返した。不思議な響きを持つ言葉だった。家に帰ったら真っ先に母親に訊ねてみるつもりだったし、早く帰りたいと思った。九歳だった僕は、たまらなく葉子の家の秘密を知りたかった。

小学生の頃、僕は毎年、葉子の誕生会に招かれていた。でも僕の母親は、誕生会に行くことをあまり喜ばなかった。母は直美のことを「あの不良女」と呼んでいた。母の言う通り、四条直美は当時の一般的な母親像からは遠く隔たった存在だった。

かなり後になってから知ったのだけれど、母は毎日のように直美を観察していたらしい。母の話によれば、直美はいつも上野毛《かみのげ》駅近くの喫茶店で夕方までの時間を過ごし、五時になるとスーパーで買い物をしていたという。

「あの女《ひと》は三分に一本のペースで煙草《たばこ》を吸っていたよ」

その言葉に母は軽蔑を込めたつもりのようだったけれど、僕はそこにむしろ嫉妬《しっと》に近い何かを感じ取った。

葉子の誕生日は八月二十日。その日に関する記憶はいまも残っている。夏休みの間に久しぶりに同級生と顔を合わせるのも楽しみだったし、何よりも母親の直美が楽しい人だった。サマードレスを着た直美は同級生たちを盛大にもてなし、食事の時には僕たちの担任教師のことを話題にした。

「あの先生、まだ髪型は変わらないの？」

直美がそう訊ねただけで全員が笑った。確かに変な髪型だった。彼女が教師の髪型を「真っ黒な段々畑」と表現すると、笑いが収まるまでかなりの時間がかかった。

その教師は上野毛駅の近くで車に撥《は》ねられ、入院していたことがあった。

「車にだけは注意しなさい」

僕たちにはいつもそう言っていたくせに、本人は横断歩道を渡りながら「考え事をしていた」らしい。彼が考え事の途中で車に弾《はじ》き飛ばされた時、事故現場に居合わせたのが直美だったというのは、僕たちの間では有名な話だった。

「うつ伏せに倒れていたから顔は見えなかったけれど、すぐにあなたたちの先生だと分かった。髪型でね」

直美がそう話すと、また全員が笑う。彼女は会話のツボを心得ていた。笑い声が収まると、隣に座っていた子の肩を揺さぶり、こんなふうに続けた。

「先生、大丈夫ですか、しっかりしてくださいって私が声をかけていたら、救急隊員が来て、お知り合いですかって訊《き》くのよ。私、思わず、よく知りませんって答えちゃった」

黒縁眼鏡にショートヘアの直美は、招待客全員の料理を出し終え、いくつかジョークを飛ばすと、あとはリビングのソファーに寝転んで洋書を読み、ひっきりなしに煙草を吸っていた。時折、レコードに合わせて外国の曲を口ずさんでいるのが聞こえてきた。普通の母親とは、やはりどこか違っていた。

若々しく陽気な女性だったけれど、煙草の吸いすぎのせいか、多少声がザラついているのが難点だった。それに、僕たちが帰る夕方近くにはいつもホロ酔い加減だった。見た目には何も変わらないのだけれど、吐く息でそれと分かった。彼女はセブンスターを吸い、『J&B』を飲んでいた。そんな女性が近所の主婦たちに受けのいいはずがなかった。

最後の誕生会となった六年生の夏、直美は僕たちの前でギターの弾き語りをした。

「これまで葉子と仲よくしてくれてありがとう。むかし、流行《はや》った曲よ」

そう言って、彼女は流暢《りゅうちょう》な英語で歌い始めた。美しい曲だったし、フォークギターを爪弾《つまび》くのも上手だった。ラジオで同じ曲が流れているのを聴いて、その時に歌ったのがジョニ・ミッチェルの曲だと知ったのはずいぶん後になってからだ。僕たちが拍手をすると、直美は立ち上がって深々と頭を下げた。この時もきっと少し酒が入っていたのだと思う。

直美自身がデザインしたというモダンな感じのリビングには、昭和天皇の大きな写真が飾られていた。それがひどく不釣り合いだった。

「これ、いいでしょ？」

ある時、僕がその写真を見ているのに気づいた直美は、そう言って悪戯《いたずら》っぽく笑った。それが何だかおかしくて、僕も一緒になって笑った。真面目《まじめ》くさった大人なんかより、不良の方がずっといい——そんなふうに思ったのは、もう十五年も前の夏の午後だ。

僕は四条直美という人が好きだった。葉子の家の近くを通る時、偶然に直美に出くわすことをいつも心のどこかで期待していた。晴れた日にはよく愛車であるベレットを洗車していたし、顔を合わせるたびに声をかけてきた。僕たちはガレージの前で色々な話をした。というか、ほとんど直美が一方的に話し、僕の方は彼女の話術にひたすら圧倒され続けていた。

一度だけ、直美の運転するベレットに乗ったことがある。多摩川べりまでの短いドライブだったけれど、僕にとっては忘れ難い時間だ。どういう経緯から多摩川へなんか行くことになったのか、いまとなっては思い出すことができないけれど、カーラジオから『オールド・ファッションド・ラブソング』が流れていたことを憶《おぼ》えている。あの印象的なイントロが流れると、直美は口笛を吹き、エンジンを空噴かしした。

「大好きな曲よ」

彼女はラジオのボリュームを上げ、一緒になって歌詞を口ずさんだ。曲が早々にフエイドアウトすると、直美はラジオを消し、盛大に舌打ちをした。

「これだから民放って嫌いよ。くだらないお喋《しゃべ》りばっかりしてさ」

ひとしきり悪態をつくと、直美は歌詞の内容を説明し、「素敵な曲でしょ」と言った。僕は「はい」と答えながら、結婚するとしたらこんな人がいいな、なんて思っていた。

河川敷に車を停め、僕たちは多摩川べりを散歩した。訊ねられるままに学校のことを話したものの、直美はほとんど上の空だった。彼女はセブンスターに火をつけ、指の間に挟んだマッチ棒を弾き飛ばした。

「この次は一緒に遠くまで行こうか」

川面を眺めながら、直美は唐突にそう言った。遠くって、どこまでですか。そう訊ねると、彼女はこんなことを言った。

「私は西へ向かって走るのが好きなの。この前は名古屋の近くまで行ったわ。本当はもっと遠くまで行きたかったんだけど」

直美が何を考えていたのか、その時の僕には知る由《よし》もなかったけれど、いまなら答えることができる。彼女が思い描いていたのは名古屋よりももっと先、伝説に彩《いろど》られた山々に囲まれた、あのあたりなのだ。

直美が乗っていたベレットは、いまでは僕のマンションの駐車場に停まっている。丹念に整備されていたから、エンジンは冬でも一発でかかる。ベレットの助手席に葉子を乗せて、僕は週末ごとにスーパーへ買い物に出かける。世の中には古い車が好きだという人間が結構いるもので、駐車場で見知らぬ人に話しかけられることも珍しくない。直美のおかげで、僕はこの界隈《かいわい》ではちょっとした好事家《こうずか》と見なされている。

母親の死後、葉子は大学を中退して帰国し、アメリカ大使館で働いていた。でも、それも半年ほどで辞めてしまい、かなり長い間、渋谷の書店でアルバイトをしていた。

ごく近所に住んでいたにもかかわらず、僕たちは道玄坂に近いその大型書店で偶然に再会したのだった。

「母が生きていたら、あなたのことを説明する手間が省けたのにね」

結婚の承諾を得るために葉子の家を訪ねた帰り、彼女は僕にそう言った。

新聞記者である葉子の父親とは、この時が初対面だった。半年もしないうちに孫が生まれると聞かされて、葉子の父親はひどく腹を立てていた。僕にはそのことが気がかりだったけれど、葉子はなぜか楽観していた。それどころか、むしろこの状況を楽しんでいるようにさえ見えた。

「笑っちゃうわ」歩きながら、葉子はくすくすと笑った。

「何がおかしいんだ」

「生まれてくるのは双子の男の子たちなのよ。昨日の検査でそれが分かったの。一度に二人の孫ができるんだから、父はきっと反対している暇もなくなる。威張っていられるのもいまのうちよ。週末には子供たちを父に預けて、遠くまでドライブしましょうよ」

それを聞いて、先ほどまでの気がかりはどこかへ消し飛んでしまった。葉子の中で日々成長し続ける子供に対する恐れも、同時に霧消してしまっていた。この気持ちは双子の父親になることが決まった者にしか分からないかもしれない。他のことは、とりあえずどうでもよくなってしまうのだ。

　考えなければならないことはいくつもあり、するべきことも多数あるように思えた。ともあれ、子供たちのために何か食べようということになり、僕たちは二子玉川の『つばめグリル』へ行き、ブイヤベースを注文した。この夜の葉子はいつもよりもずっと口数が多かった。僕の方は新たな状況に慣れるのに、もうしばらく時間がかかりそうだった。

「十年たって変わらないものは何もない。二十年たてば、周りの景色さえも変わってしまう。誰もが年をとり、やがて新しい世代が部屋に飛び込んでくる。時代は否応《いやおう》なく進み、世の中はそのようにして続いていく」

　食事が済むと、葉子はそんな意味のことを言った。

「すごいな、いまの台詞《せりふ》」

「実はこれ、母が雑誌に書いていたことなの。世の中はそのようにして続いていく、という部分が私は特に好きなの」

　そう言うと、葉子はショルダーバッグからその雑誌を取り出し、テーブルの上に置いた。

コーヒーを飲みながら、僕は記事を読んだ。葉子が口にした一節に続けて、直美はこう書いていた。

「これでおしまいだ、もうどうにもならない。私自身、何度そう考えたかしれません。でも、運命というものは私たちが考えているよりもずっと気まぐれなのです。昨日の怒りや哀《かな》しみが、明日には何物にも代え難い喜びに変わっているかもしれないし、事実、この人生はそうしたことの繰り返しなのです」

四条直美はそう信じていた。少なくともそう信じようとし、常に自分にそう言い聞かせていた。

娘に宛てた最後の手紙に、彼女はこう書いている。

「私はこれまでに何千冊もの本を読んできたけれど、それ以上に日々の暮らしから学ぶことの方がずっと多かった。二十代の私は嫌味な自信家だったし、多くの人のことを軽蔑していたけれど、それでもけして自分の知的確信の奴隷《どれい》にはなれなかった。内心では花見客を馬鹿《ばか》にしていながら、偶然に桜の花を目にして、その美しさに圧倒されたりしていたのです。ピアニストが毎日休みなく鍵盤《けんばん》を叩《たた》くように、私は人生の練習を続けてきたのです」

これが典型的な四条直美である。彼女が残したテープにも、僕はこれとほぼ同じ響きを何度も聞いた。

初めてテープを聞いた夜のことを僕はけして忘れないだろう。その後、繰り返し聞き込んだせいで、いまでは咳払《せきばら》いやノイズが入る箇所までも熟知している。

直美の話には重複が多いし、明らかに混乱している部分もある。登場人物の何人かは、恐らく彼女の中で理想化されている。言いよどむ箇所もあれば、省略されすぎている部分も多い。そうかと思うと唐突にテープが途切れてしまうこともある。やはり彼女には時間がなかったのだ。

このように、肉声で吹き込まれた四巻のテープは、人間の話し言葉の常として不完全なものだというのが真相だが、それにもかかわらず、低い声で語られたこの回顧録のいくつかの部分にはどこかしら圧倒されてしまうところがある。

フローベールは言っている。ペンとは何と重い櫂《かい》なのだろう、と。漕《こ》いでも漕いでも進まないのだ。最後の手紙に記されていた人生の練習——その結果がどうあれ、人生の最後にこの困難な仕事に立ち向かおうとした四条直美を僕は愛し、そんな彼女をいまも支持する。

1

試験中にもかかわらず、長い手紙をくれてありがとう。コロンビア大学のことをあれこれと想像しながら、夢中になってあなたの文字を目で追っていた私は、久しぶりに自分が死の病に取り憑《つ》かれているのを忘れることができました。

私の病状は、夫によれば快方に向かっているそうだけれども、枕元《まくらもと》の鏡を覗《のぞ》いてみると、とてもそうは思えません。痛みの方はさほどでもないのですが、それもきっとモルヒネか何かのおかげだと思います。さしたる苦痛を覚えることもなく死に向かっている私は、遅れて生まれてきた世代であることと、現代医学の闇雲《やみくも》な発達とに感謝しなければならないのかもしれません。ただ、そのせいで私が宙ぶらりんの状態に置かれているのも確かなことでしょう。

二週間前の月曜日、私はリビング・ウィルへの登録を済ませました。夫は、私が死にかけているという事実を受け容《い》れたくないようで、説得するのにひどく骨が折れましたが、最後にはどうにか分かってくれました。そのことで、私は彼にとても感謝しています。私は生涯を通じて考えるのをやめることができなかった人間だから、思考が停止した時にこの人生から降りてゆきたいと思ったのです。

いまはまだ夫も元気だし、あなただって、私が望めばすぐにまたケネディ国際空港に駆けつけてくれることでしょう。でも、私は知っているつもりです。人間は時間がたてば変わってしまうものだということを。手術後、私が何の反応も示さず、それこそ植物のように何年もただ生き永らえたとしたら、夫やあなたがいまは愛情だと感じているものも、いつしか苛立《いらだ》ちや憎しみに変わってしまうだろうということを。担当の医師から「危険な手術になる」と告げられた時、真っ先にイメージしたのはそうした光景だったのです。でも、そうだからといって、私たちが共有してきた感情が偽りのものだったとは誰にも言わせないつもりです。

少しだけ病院のことを書いておきます。

国立がんセンターの五階は半分が小児病棟になっていて、そこには白血病や脳腫瘍《しゅよう》の子供たちが大勢います。難病に冒された子供たちを見るのは辛《つら》いことですが、私の目には彼らの両親もひどく病んでいるように見えます。あなたは、絶望していながら陽気に振る舞おうとする人たちを見たことがありますか？　日々の恐怖や先々への不安、それにかかわるすべての人を不幸にするという点で、病気は戦争にとてもよく似ています。ただし、戦場にいても友情は生まれるし、語り、笑い合うこともできるのです。

この病院は完全看護体制をとっているので、母親たちは午後の三時にやって来て七時には帰っていきます。入院して以来、私は彼女たちの姿を見て午後の時間を知るようになりました。

回廊の長椅子《ながいす》に腰かけて子供たちの様子を眺めながら、私は彼らの年若い母親たちと話をします。子供たちの半数は長い管でベッドに繋《つな》がれていて、症状の重い子は寝返りさえ打ちません。ある母親などは、何かの拍子に我が子が言葉を発すると、それだけを歓《よろこ》びに何日も生きてしまうというのです。

私は身勝手な女で、あなたには母親らしいことなんて何ひとつしてあげられなかったけれど、その話にはとても共感を覚えたし、まだ幼かった頃のあなたとの思い出を呼び覚まされて、ふいに涙がこぼれそうになりました。こんなふうに、長椅子に腰かけて友情を育《はぐく》みながら、私は毎日、様々なことを思い出しては微笑《ほほえ》み、そして涙するのです。

何度も思い返したのは、三十年以上前のある午後のことです。三階の窓から偶然に校庭を見下ろした時、少し気になっていた上級生と目が合ったのです。たったそれだけのことなのに、それから私は何日も上気した気持ちで生きていました。もし彼が話しかけてきたらどうしよう？　どんな言葉で断ろうか。でも、断りきれなかったらどうしよう？　十三歳だった私は、そんな甘い空想だけで何日も生きていたのです。小児病棟に通ってくる母親たちの中にあるのも、これと似た感情なのではないでしょうか。そんな母親たちの何人かとは、いまでは年の離れた友人同士です。戦友、そう言ってもいいかもしれません。

先月末のある夕方、母親たちに招かれてプレイルームへ行くと、大きなデコレーションン・ケーキが用意されていました。その日は私の四十五回目の誕生日だったのです。私は子供たちと一緒に記念の写真に収まり、彼らが書いてくれたバースデー・カードを受け取りました。

「なおみさんへ。がっこうに行けないのが、かなしいです。体がよくなったら、えいごをおしえてね」

母親たちに急《せ》かされてバースデー・カードを読み上げると、一枚ごとに大きな拍手がわき起こりました。私がどれほど苦労をしてカードを読み終えたか、あなたに想像がつくだろうか？　途中から、母親たちは全員泣いていました。私もそうだったかもしれない。私は銀製の小さな写真立てを受け取り、一人ひとりの母親と固い握手を交わしました。それまでは考えたことさえもなかったけれど、同志というのは、きっとこうした関係をいうのでしょう。

死を身近に考えてはいけない、と夫は言います。その意見には私も反対ではないから、なるべく考えないようにと努めています。それでも、死は確かに私の身近にあるのです。仕事のためではなく、楽しみのためにとっておいた本を読んだり、こうして長い手紙を書いたりして死についての考えを遠ざけようと努めても、それを身近に感じるのを防ぐことまではできません。死は朝に夕に私の意識の中に忍び入ってくるし、時には夢の中にまで入り込んできて私を眠らせないのです。眠っている間はまだしも恐ろしいのは目覚めた時です。今日死ぬかもしれない——目が覚め、まだぼんやりとしている頭に浮かぶのは常にそんな思いなのです。

先週末のある晩、いつものようにイヤホーンを使ってラジオを聴いていると、遠くから女性の叫び声が響き渡ってきました。今度はどの子が死んだのだろう？　以前にも同じようなことがあったから、私の胸はひどく高鳴って、その夜はいつにもましてなかなか寝つくことができませんでした。

亡《な》くなったのは室蘭《むろらん》から来ていた六歳の男の子で、私の若い友人の一人息子でした。入院したての頃は、快活で、誰からも可愛《かわい》がられていた子でしたが、抗癌《こうがん》剤の副作用から顔がむくみ始めると、めったに笑顔を見せることもしなくなりました。白血病だった彼は遂《つい》にドナーが見つからず、次善の措置として母親の骨髄を移植したものの、予後は芳《かんば》しいものではありませんでした。最後に会った時、彼は雑菌から身を守るため、無菌室の中で透明のビニールに全身を包まれていました。あれほど好きだったゲームボーイにも手を触れず、時折、歯を食いしばって声も出さずに泣く以外にはもう何もしようとはしませんでした。

小さな遺影を抱いた母親がお別れを言いに来たのは、息子を亡くした三日後のことです。

「よく頑張ったわね」

他に適当な言葉が思いつかず、私はそんな慰めにもならないことを言いました。何年も翻訳の仕事をしてきたくせに、私はいざという時にはなかなか言葉を見つけられない性質《たち》なのです。

「北海道に帰ったら、また子供を作りなさい」

別れ際《ぎわ》に私はそう言いました。それこそ場違いな言葉に違いなかったのですが、子供好きだった人だから、単純にそうするのが一番だと思ったのです。

彼女の反応は予期せぬものでした。

「もう子供なんか作らないわ」それが彼女の答えでした。

「どうしてそんなことを言うの？」

私が訊《たず》ねると、彼女は大きな息を吐きました。

「直美さん、私、思い当たることがあるのよ」

「思い当たることって？」

「私、本当は悪い女なの。この子が生まれるまで、主人にも言えないようなことをしてきたのよ。きっと罰が当たったんだわ。でも、それにしたってひどすぎるわよね」

そう言うと、彼女はうなだれて涙をこぼしました。

私は黙ったまま、そんな彼女を見つめていました。慰めの言葉を探していたのではありません。私はただ驚いていたのです。それというのも、自分が悪性の腫瘍に冒されていると知った時から、私も彼女とそっくり同じことを考えていたからです。

手術を受けなければあと半年の命だと聞かされた時は、人生に対する未練で胸がふさがるような気持ちになったけれど、その一方で私は安堵《あんど》してもいたのです。私にも思い当たることがありました。いいえ、思い当たる以上のことがあったのです。

毎年、クリスマスの数日後に、私が京都へ出かけていたことを憶《おぼ》えているでしょう。我が家では、私は冬の京都が好きだということになっていました。でも冬の京都なんて寒々しいだけで、とうてい女の一人旅にふさわしい場所ではありません。事実、その後、顔馴染《なじ》みになったホテルのフロント係から、「最初は自殺志願者ではないかと思った」と言われたほどです。

十歳にもなると、あなたは女の子らしい勘でそのことを疑い始めました。私が質問をはぐらかすと、あなたは一緒に京都へ行きたがった。それが無理だと知ると、翌年の冬には半日ばかり家出をして私を困らせました。あなたは難しい年齢に差しかかっていたし、都合の悪いことに、どうすれば私が困るのかを知っていました。

「少女は少年の三倍馬が好きである」

ある時、私はデズモンド・モリスの本の中にそんな文章を見つけました。私にも思い当たる部分があったけれど、さすがに馬を飼うことはできない。それでも季節は新しい秋に差しかかっていたので、百貨店を何軒か回って、あなたの気に入りそうな犬を見つけました。それがウィニーでした。

私がウィニーのことを話すと、あなたはすぐに彼に興味を持ち、じきにそれは熱狂に変わりました。十月のよく晴れた午後、日本橋まで一緒にウィニーを買いに行った時のことを憶えていますか？　ガラスケースに「売約済」の紙が貼《は》られているのを見た時のあなたの落胆と、買い主が他でもない私たちであることを知った時の喜びようを、ありきたりな言い方だけれど、私は昨日のことのように思い出します。

予想した通り、あなたとウィニーはすぐに親密な間柄になり、やがて親友同士になりました。それ以降、あなたは私の京都への小旅行に口を差しはさむことはしなくなりました。ひとまず安心したものの、それでもあなたの疑いはいつまでも私の中に残りました。

私はこれから、あなたに何度も不安な年の瀬を過ごさせてきた本当の理由を記そうと思います。この手紙は恐らく長いものになるでしょう。ひと言で語れない真実などどこにもないのだから、大部分は弁解と取られるかもしれないし事実その通りなのですが、世の中には言葉を尽くさなければ伝わらないこともあるのだと信じて始めることにします。

こんなことを書いていいのかどうか、私なりにずいぶんと迷いました。けれど、もう迷っている時間もなさそうです。何しろ抗癌剤の効き目は抜群で、髪の毛ばかりかいまでは眉毛《まゆげ》まで抜け落ちてしまっている始末なのです。実際には何のせいなのかよく分からないし、別に知りたくもないけれど、ともかくも私の命は徐々に尽き果てようとしているのです。ふいに気が遠くなり、そのまま何時間も眠り続けてしまうこともしばしばで、最近では夢を見ることさえ稀《まれ》になりました。できることならば、夢の中ででもあなたに会いたいと願っている私なのだけれども。

そんなわけで、私はニューヨーク・メッツのキャップをかぶり、築地の空を眺めながらこの手紙を書いています。どこまで書き通せるのか自分でも分かりませんが、嘘《うそ》だけはつかないつもりです。

これから書くのは、あなたが生まれる三年前のことです。

初めに断っておきますが、私は別に告白をしたいわけでも、自分の過《あやま》ちを嘆きたいわけでもありません。そもそも私は、簡単に過ちを犯してしまうほど愚かな人間ではないし、当時だってそのつもりでいたのです。それどころか、周囲の人たちを見回して、どうしてこんな愚かな人たちの国がこれほどまでに発展できたのかと驚いていたほどなのです。

私は自信家でした。中学、高校ともに首席で通した私には、間違いを犯すというのがどういうことなのか想像することもできませんでした。私はいつも何気ないふりをして同級生たちと交わっていたけれど、それは子供なりの処世術というものでした。私がこの胸に打ち立てていた自負の強さを知ったら、きっと彼らは大急ぎで私から離れていったことでしょう。

「この子がもし男だったら」

そんな父の言葉は何度聞かされたか分からないし、誰よりも私自身が繰り返しそのことを悔やんでいたのです。それでも私は、自分には何かができると固く信じていました。ただ、それが何であるのかが分からず、終わりのない焦燥感に絶えず駆り立てられていたのです。

私は昭和二十二年、戦後のベビーブームのさなかに生まれました。同級生が多かったせいか、活字がいっぱいに詰まった本を手にすると、いつも小学校のクラスを思い出すのです。教室はいつだって満員で、教壇の横にまで机が並べられていました。運動会や遠足が近づくと、トイレの順番待ちの長さが思いやられ、きまって憂鬱《ゆううつ》な気分になったものです。

そんな私たちの世代が受験期に差しかかると、受験戦争という言葉が使われるようになったのだけれど、いつどこでそんな戦争があったのか、私にはまるで思い出すことができません。正解は一つしかないのに、どうして求められてもいない答えをわざわざ書き込む人がいるのか、私にはむしろそのことの方が不思議なくらいでした。でも、いくら正解を書き込んでみたところで、女である私の身には何も起こりはしないのです。いくら考えても、どんなに努力をしてみても、私の手に入るのはごくわずかなものでしかありませんでした。

ある意味で、その頃の私にとって、人生は疑問だらけだったのです。二十二歳の私は、サン・マルコ広場の前に立つトーマス・マンの主人公のように目の前の人生を眺めていたのです。「これだけ？　たったこれだけなの？」と。

没落した旧家というのは安易なイメージだけれど、友人たちは私の家族をそんなふうに考えていたようでした。

「ねえ、A級戦犯って何？」

祖父が戦争犯罪人であったことを知ったのも、同級生のそんな問いかけからでした。戦争が済んで、もう何年もたっていたというのに、私の家はいつまでも戦争の影を引きずっているようなところがありました。

毎年夏には、祖母に連れられて靖国《やすくに》神社へ参拝に出かけたものです。その当時は、まだ傷痍《しょうい》軍人が大勢いました。境内でそんな人を見かけると、祖母は彼らのもとへ歩み寄り、深々と頭を下げました。片足を失った人が吹き鳴らす物哀《ものがな》しげなトランペットの響きを聞きながら、私は祖母のあとをついて回りました。私にとって、それはただ暑く、恐ろしいだけの時間でした。

長い間、私はそうすることの意味が分からずにいたし、あえて分かりたいとも思っていませんでした。戦争の話にまるで興味を示そうとしない孫娘に、祖母は物足りなさを感じていたようです。それを私の幼さのせいだと読み違えた彼女は、靖国詣《もう》でに連れ出したりしながら、辛抱強く私の成長を待っていたのです。そして、戦争や自分の夫のことについて訊《たず》ねられる時が来るのを待っていたのです。

そうと知りながら、私はけして祖母に何かを訊ねようとはしませんでした。しびれを切らしたのか、やがて祖母は私に色々な話をするようになりました。彼女は聞き手の気を逸《そ》らさない語り部でした。結局、私は祖母に感化されてかなりの数の記録を読むことになったし、二十歳の時にはあの戦争について自分なりの意見を持つようにもなっていました。ただし、ここでは物心ついた頃から沈痛な面持ちの大人たちに囲まれて育った私が、どうにかしてそこから逃れ、自由になりたいと感じ続けていたということを指摘しておくだけにします。

一九六九年の春、お茶の水女子大の外文科を出た私は、ある老舗《しにせ》の出版社に勤めました。大学も就職先も自分で選びとったものではなく、父の意見に従った結果でしたが、私の中には遅ればせながら父に対する反抗心が芽生えていたように思います。私は学生運動やウッドストックにシンパシーを感じていたし、漠然とながら、いつも家や職場などのしがらみから自由になりたいと願っていました。

就職した出版社では、得意だった英語を活《い》かせる部署で働きたいと希望していたのに、私に与えられた役割は総務部での電話番。でもその時は、特段それを不幸なことだと思ったわけではありません。結婚以外の何かを希望しても、女である以上、その何かがかなえられる可能性は当時の円の価値に比べてもまだ低い時代だったのです。

私は終業時刻と同時に会社をあとにし、土日には新聞の求人欄をスクラップしました。時間があれば図書館にこもり、人間が為《な》すべきことが書かれてありそうな本を探しました。会社での仕事とは別に、私は自分自身で何かを始めたいと思っていたのです。

その頃、ある新聞記事を読んでひどく哀しい気持ちにさせられたことを思い出します。それは、東京女子大の学生食堂に灰皿が置かれるようになったということを報じた記事でした。

「灰皿は政治闘争の副産物でしかない」

この要求を通した女子大のリーダーは、新聞にそうコメントしていました。自分が体よくピエロに仕立て上げられることになるとも知らず、闘士ぶって、いかにも得意げに。

著名な記者の手になるこのインタビュー記事は、私にはひどくショッキングな読み物でした。あなたはきっと笑うだろうけれど、大新聞の紙面でこんなにまで愚弄《ぐろう》されて、この女闘士は一体いつ自殺するのだろうかと私は真剣に心配したものです。もちろん、彼女は自殺などしなかったし、どうやら絶望したわけでもなかったようです。

同じ新聞の日曜版でこの女性の消息を知ったのは、それからほぼ一年後でした。大学を中退し、今度は結婚したというのです。灰皿の次に見つけたテーマは夫婦同権だったようで、新聞には彼ら夫婦の写真まで掲載されていました。よせばいいのに、エプロン姿の亭主まで引っ張り出して一緒に写真に収まっているのを見て、私は自分が女に生まれたことに何十回目かの屈辱を覚えたものでした。いえ、何百回目かだったかもしれません。

もうひとつ時代がかった話をすれば、私には許婚《いいなずけ》がいました。

これは当時としてもすでに時代がかっていたことですが、祖父が戦犯の汚名を着せられたことでひどく世間を恐がっていた私の両親は、かなり早くから遠縁に当たる人の息子を婿《むこ》養子に迎え入れる算段をしていたのです。

勤めを始めて三ヵ月もすると、父は早くも許婚との結婚話を持ち出してきました。相手の男性は七歳年上で、将来を嘱望されていた学者の卵でした。実際にいままでは一家を成しているから、ひょっとしたらあなたも名前くらいは耳にしたことがあるかもしれません。彼は家柄も人柄も良く、当時としては珍しく一人っ子だった私が、子供の頃から「お兄ちゃん」と呼んで親しくしていた人でした。

「お兄ちゃん」は私の家庭教師でした。彼は中学生だった私にファラデーの本を勧め、アインシュタインの話をしました。勉強好きだった彼は教科書や参考書を懐《なつ》かしんでいたし、自信たっぷりで教え方も上手でした。私は数学の問題を解く彼の手際《てぎわ》のよさに感心し、頭の回転が速いことに尊敬の気持ちを抱いていました。

両家の思惑に気づいたのは、大学に入った年でした。彼が博士号を取得したことからお祝いの席が設けられ、その場で、親戚《しんせき》の一人からそれとなく打診を受けたのが最初です。もちろん、まだまだ先のことだが――そんな保留つきの提案に、十八歳の私はただ戸惑っていました。

それから、私はしばしば彼の家に招かれるようになりました。先方は九人家族でしたが、私が訪問する時は全員が顔を揃《そろ》え、食事の際にはいつも彼の隣に席が用意されていました。それでも、誰一人として結婚の二文字は口にしなかったし、私の方も断る理由を見つけられないまま、家族ぐるみの付き合いを続けていたのです。

応接間に昭和天皇の大きな写真が掲げられていた私の家では、許婚との結婚は避けることができないように思えたし、私の中にも特に避けたいという気持ちはありませんでした。それでも、もう少しだけ結婚を先延ばしにしたいと思ったのは、たとえわずかばかりのものにせよ、私なりに自由な時間が欲しかったからです。

大学を出て就職をし、二十代の早い時期に結婚して家庭に収まる。それが両親の希望でした。現実に多くの女性がそうしていたのだし、こうした生き方には非難される要素は一つもないのですが、そうなる前に私は何かがしたかったのです。自分はこれをしたと言い得るだけの何かを。それなのに、その何かを見つけ出すことができず、私はただ苛立《いらだ》っていました。

とにかく何かをしなければ——そんなふうに私が考えたのも、一つには時代のせいだったのかもしれません。一九六九年というのは誰もが何かをしているように思えた年だったし、大学ではキリスト教研究会に所属していたこの私ですら、何度かデモや集会に参加していたのです。サークルの部屋には聖書とヘルメットが並んでいました。学生たちはコカ・コーラを飲みながらマルクスを語っていたのです。この混沌《こんとん》から何かが生まれるかもしれない。時代は、まだそう思わせるだけの熱気をはらんでいました。

私はボブ・ディランを聴きながら、サルトルを読んでいました。それが、私にとっての一九六九年でした。目の前にあるものすら見えないふりをしているのがいまの時代なら、誰もが見えないものまでも見ようとしていた——恐らく、それがあの時代でした。

2

結婚を先延ばしにするには何か特別な用事を思いつく必要がありました。あなたも知っての通り、女には常に口実というものが必要なのです。

猶予《ゆうよ》期間を得る口実として私が選んだのは、翌七〇年の三月に開幕する大阪万博の通訳の仕事でした。日本初の国際博覧会である大阪万博は、その数年前から国家事業として準備され、用地買収やパビリオンの招致、膨大な建設費用などがその都度大きなニュースとして報じられていました。

といって、私は特に博覧会やコンパニオンの仕事に興味があったわけではありません。私を魅《ひ》きつけたのは大阪という未知の土地であって、仮に開催地が東京であったなら万博の仕事になど見向きもしなかったでしょう。親許《おやもと》を離れての半年間の生活——それこそが、ひとまず私の求めていたものだったのです。

大阪万博のコンパニオンになるにはコネが必要だと聞いて、私は密《ひそ》かにロビー活動を開始しました。有栖《ありす》川《がわ》の図書館に足を運んで政治家たちの経歴を調べると、戦犯として巣鴨《すがも》プリズンに収容されていた人が何人かいることが分かりました。私は、中でも押しの強そうなある人物に手紙を書き、それとなく戦犯として処刑された祖父のことにも触れておきました。反応は意外なほど早く、一週間もしないうちに私は永田町の議員会館の一室で元戦犯の議員と向き合っていました。私の背後に祖父の亡霊でも見たのか、彼は会うなり私の両手を握り締めて深々と頭を垂れたものです。

八十をいくつか過ぎていた老政治家は、私の名前を三度も呼び間違えるほどに衰えていたのですが、こと戦争に関しては実に能弁な人でした。日本遺族会を票田に当選を重ねてきた彼には、戦後というのは言葉としてしか存在していないようでした。旧帝国陸軍が成し遂げた偉業のあれこれについて一時間も語った後、「満州国というのは、あれは本当に素晴らしい国だった」と結論づけた彼の目は、私には涙ぐんでいるように見えました。

ほとんど世迷《よま》い言《ごと》としか思えない話の一つひとつに辛抱強く相槌《あいづち》を打った後、恐るおそる所期の目的を告げると、彼は秘書に硯《すずり》を持って来させ、小刻みに震える手で毛筆の紹介状を書いてくれました。そればかりか、目の前で通産省の担当局長に電話まで入れてくれたのです。どうやら、彼は彼なりに信義に生きる人のようでした。

この人は、それから二年と少しして亡《な》くなりました。社会面の記事でそのことを知った私は、葬儀の人波が去った頃を見計らって川崎の墓地に花を供えに行きました。先の戦争の遺物のように見なされ、政治家としては何の業績も挙げずに終わった人でしたが、それでも私には忘れることのできない一人です。

書類選考に始まって、ヒアリングテストに二度の面接——大阪万博は東京オリンピックに続く戦後日本最大のイベントと喧伝《けんでん》されていましたが、このようにして私は拍子抜けしてしまうほどあっさりと大阪行きの切符を手にしたのです。

むしろ難しかったのは両親の承諾を得ることでした。私が大阪へ行くと宣言した時の彼らの嘆き哀しみは大変なもので、その翌々年、父が癌《がん》の宣告を受けた時の方が家の中はまだ静かだったと言えるほどです。

私たち親子は、それから果てしない言い争いに明け暮れました。父は大阪という土地に偏見を持っていたし、半年というのはいかにも長すぎると感じていたようです。何よりも彼が心配していたのは許婚《いいなずけ》のことでした。より正確に言えば、許婚の家との関係でした。この時、私は父が婚約を急《せ》いた理由を初めて知りました。三十歳になる前に息子の身を固めさせたい、そんな相手側の意向に、父は何とか添おうとしていたのです。すでに結婚式場の仮押さえまでされていたことを知って、私は憮然《ぶぜん》とし、そしてひどく依怙地《いこじ》になりました。

父は穏やかな人でした。何事も話せば分かるというのが彼の信条でした。私は興奮している父を見たことがなかったし、この時まで父に叱《しか》られたという記憶もありませんでした。彼にはそんな必要はなかったのです。父は、ただ従順に頷《うなず》く母や私にすっかり慣れきっていました。それだけに今回も簡単に私を翻意させられると考えていたのでしょう。けれども、そうはいきませんでした。反対されればされるほど私は反抗的になり、なぜ駄目なのかと逆に父を問い詰めました。家同士が勝手に決めた婚期が遅れることなど、初めから私を説得する理由にはならなかったのです。

一番のとばっちりを受けたのは許婚でした。許婚は週末ごとに私の家へ電話をかけてきていました。土曜日の夜だというのに、彼はいつも研究室の廊下に置かれた公衆電話からかけてくるのです。話題は大半がその時々の研究に関するもので、私にはいつもちんぷんかんぷんでした。十代の頃は、それでも辛抱強く相槌を打っていたのだけれど、やがて私は十円玉が電話機に落ちる音を数えるようになりました。あと何回この音を聞けば、電話を切ることができるのだろう？　小銭が落ちる音を数えながら、そんなことを考えている自分に驚いたのは二十歳の春でした。

父の反対にあうと、私は許婚に素っ気ない態度をとることで反抗しました。彼からの手紙は封も切らなかったし、土曜の夜の電話も一、二分で切ってさっさと二階へ上がり、いつまでもレコードを聴き続けました。父は慌《あわ》てていたけれど、そうかといってどうすることもできず、代わりに母が「いい人なのに」と言って私を非難しました。私の許婚は確かにいい人でした。でも私は、彼のそうした部分に不安を感じていたのです。ひょっとしたら、いい人というのは退屈な人と同義なのではないだろうか？　彼と結婚しても、一生涯、知りたくもない数式や実験の話を聞かされ続けるだけではないのか？　大阪へ行くことも許されず、このまま両親の言いなりに結婚するなんて私には耐えられない。ボブ・ディランやジョン・レノンを聴いた夜などは、とりわけそう思えて仕方がないのでした。

私は毎晩ボリュームを上げてレコードを聴き、居間の壁にかけられていた陛下の写真を外して、そこにディランのポスターを貼《は》りました。そのポスターを見て、雲助と罵《のの し》る父を私は腹の底から笑いました。父はそんな私に戸惑うばかりでした。なぜ私が笑ったりするのか、彼にはどうしても理解できなかったのです。ちょうど、「断絶」という言葉が流行《は や》っていた頃のことです。実際には断絶なんて、いつの時代のどんな家庭にも必ずあるものなのだけれども。

最初のうちこそ議論を楽しんでいた父ですが、やがて形勢が不利になると、しばしば席を立つようになりました。読書家だった彼は、気に入った台詞《せりふ》を見つけては根気よくノートに書きつけていたのです。書斎で理論武装をして居間に戻ってきた父は、ある夜、私にこんなことを言いました。

「女が不幸になるのは、家にじっとしていられなくなった時に始まるのだ」

出典は不明ですが、真実を含む言葉だと言えるでしょう。男であれ女であれ、家にじっとしている限り、人は幸にも不幸にも出会うことはないのだから。私が恐れていたのはまさにそのことでした。この先も自分の人生には何事も起こらないのではないか。二十二歳の私は、そんな淋《さみ》しい予感に怯《おび》えていたのです。

婚家を飛び出して小さな部屋を借りた親戚の夫婦が、その後どんな不幸な目にあったのか。両親の反対を押しきって関西の大学へ行き、つまらない男と結婚した同僚の娘が、いまどれほど辛《つら》い思いをしているのか……。父は、知り得る限りの不幸な話を披瀝《ひれき》して私の気をくじこうとしました。でも、よくよく聞くと、彼の言う世間とは親戚や同僚たちのことであり、その人たちの身に起きた不幸にしたところで、私にはごく小型のものとしか思えませんでした。父は思い違いをしていたのです。私だって敢《あ》えて不幸になるつもりはありませんでした。大阪行きを決めたのは幸や不幸のためではなかったのです。私はただ、自分のことが不憫《ふびん》だったのです。

その夜、私はある決意を固めて父と相対しました。もう一歩もあとには引かないつもりでいたし、父に最後通牒《つうちょう》を突きつけようと思っていたのです。

「私はこれまでずっとお父さんの言う通りに生きてきました。女子高に通い、女子大に入りました。勧められた会社に就職しました。お見合いをしろというならします。それでもまだ不足ですか」

私の口調に気圧《けお》されたのか、父は黙り込みました。

「お父さんの言う通りにしてよかったと思うこともたくさんあります。でも、嘘《うそ》はやめてください。大阪が怖いところだなんて嘘です。そうではなくて、お父さんは世間が怖いだけなんです。いまどき、誰がおじいちゃんのことでうちを責めるんですか。太平洋戦争なんていつの時代のことですか。もう何年も前に全部終わってしまったことではないですか。私はもうたくさんです」

そこまで言ったところで、涙がぽろぽろとこぼれてきました。父を相手に祖父の話をしたのは、この時が初めてでした。我が家では祖父の名は禁句だったのです。

父は何も言わずに居間を出ていきました。今度はノートを見に行ったのではなく、ただ私から離れたかったのです。父は弱い人でした。祖父の命日が近づくと、いつも気が弱くなって泣いていたと母から聞かされたのは、父の死後数年がたってからです。

そんな人だったから、この時も部屋で一人泣いていたのかもしれません。私が生まれた時は、まだ極東裁判が続いていました。高校に入った年に母から聞かされたのですが、ある雪の降る夜、私は巣鴨プリズンで処刑される前の祖父に抱かれたことがあるのだそうです。それは占領軍の配慮によるものだった、と母は言いました。

まだ二歳にもならない頃のことで、当然のことながらまったく記憶にはないのですが、それでも年に何度か東京に降る雪を見るたびに、私は想像の中でその時の光景を反芻《はんすう》するのです。祖父との面会を終えて巣鴨プリズンをあとにした若い父と母が、何を思い、そして何を話したのか。いえ、何を話そうとして、結局、言い出せずに終わったのか――見ているはずのないそんな光景を、私はこれまで想像の中で何度も再現してきたのです。思えば、父は気の毒な人でした。でも、この時は家を出て行きたい一心で、私にはそんな彼の胸中に思いを致す余裕さえなかったのです。

その父が、万博の事務局に辞退の手紙を書き送っていたことを知ると、私は近所の医者に行って耳たぶに穴を開け、銀のピアスをつけました。髪もうんと短くして得意になって家に戻ると、あなたの祖母は泣きながら私の頬をぶちました。親にもらった身体《からだ》に傷をつける者には百遍の罰が当たるのだ、と繰り返しながら。百遍でも雷に打たれてかまわない、大阪に行けなければ自殺する、と私は本気で泣き叫んだものです。

もう両親と話をするつもりはありませんでした。私は大学時代の友人の部屋に泊まり、そこから出勤しました。あとは根くらべでした。母が会社に着替えを持ってきてくれたのは三日目の夕方でした。風呂敷《ふろしき》包みを手に地下鉄の入り口に立っている母を見て、私は状況が変わったことを知りました。

私たちは会社の近くの喫茶店に入りました。テーブルを挟んで向き合っても、しばらくの間、二人とも湯気の立つコーヒーカップをただ睨《にら》みつけていました。やがて喫茶店のラジオが時報を打ち、NHKのニュースが始まりました。いくつかの話題が報じられた後、万博会場の建設が急ピッチで進められていることが伝えられると、「今度の万博というのは、えらく立派なものらしいね」と母が言いました。そして、会社にはいつまで勤めるのかと訊《たず》ねました。

「心配しないでください。大阪へ行っても、私はけしてお母さんの期待を裏切ったりはしませんから」

ありがとうと答える代わりに、私はそう言っていました。そんな私の言葉に、母は力なく笑いました。

「まあまあ、お前って子は一体何を言っているんだろうね。第一、私たちは裏切ったり裏切られたりするような間柄じゃないだろう。もういいから、元気で行っておいで」

数日後、万博の事務局から研修用の資料が自宅に郵送されてきました。分厚い資料の冒頭には、いささか上気した感じのこんな文章が添えられていました。

〈大阪の千里丘陵から「世界の千里」への五年一ヵ月は、「人類の進歩と調和」への序曲であった。アジアで初めて開催される日本万国博覧会は、百二十年の万国博史上、最大規模のものとして世界中の注目を集めることとなるであろう〉

それからは、もう大阪のこと以外は考えませんでした。多少の後ろめたさがあったから、勤めていた会社には暮れのボーナスが支給される前に辞表を出しました。半年しか在籍しなかったのに、同僚たちがかなり盛大な送別会を催してくれたことにも当時の雰囲気が表れていたように思います。送別会は途中から気の早い歓送会のようなことになりました。私が大阪万博のコンパニオンに選ばれたことは会社にとっても名誉なことだったのです。

子供の頃から地図を見るのが好きだった私は、さっそく大阪の市街図を手に入れ、毎日、飽きもせずにそれを眺めていました。歌にも歌われた御堂筋《みどうすじ》や心斎橋、宗右衛《そえ》門町《もんちょう》、あるいは梅田や中之島……それらは一体どんなところなのだろう？　私は大阪で過ごす日々に大きな期待を寄せていました。自分自身が何を望んでいるのかにも気づかないままに。

大阪に発《た》つ前日、私は許婚と肩を並べて夜の千鳥《ちどり》ヶ淵《ふち》を歩きました。

その冬は日本中に寒波が吹き荒れ、東京にも何度か雪が降ったのですが、その夜も頬が痛むほどの冷え込みでした。雪解けの千鳥ヶ淵は足場が悪く、私たちは泥水を避けながらゆっくりと進みました。冬の夜の散歩道には人っこ一人いませんでした。

許婚は白い息を吐きながら万博のことを訊ねました。お返しに私も大学院の様子を訊ねました。会話が途切れると、彼は木陰に立ち止まり、「キスしてもいいか」と言いました。私が黙ったままでいるのを承諾と取ったのか、彼は用心深くあたりを見回してから私にキスをしました。それは何というか、いかにも学者の卵がしそうなキスでした。

「東京と違って、大阪は色々と難しいところのようだから気をつけた方がいい」

身体を離すと、彼はそんなことを言いました。私は身を固くしたまま、濡《ぬ》れた地面を睨みつけていました。その時、なぜだか私はひどく腹が立ったのです。といって、口づけされたことに腹を立てていたのではありません。そんなことではなかった。女の唇は奪われるためにあるとさえ思っていた私なのだから。

「十時前の新幹線だったね」

許婚はこわばった口調で言いました。相変わらず私が黙り込んだままでいると、彼は困った様子で「ごめん」と謝りました。私は皇居のお堀を見つめ、白く小さな息を吐きました。それまでにも何度か彼との間に距離を感じたことがあったけれど、この時ほど彼を遠くに感じたことはありませんでした。

礼儀正しいお利口さん――私は心の中でそう呟《つぶや》きました。けれども、工学博士の彼は、そんな私の思いに気づくような人ではありませんでした。

3

ついこの前、病院内の人事が決まり、私の担当医が名古屋の病院へ転出することになりました。私はそのことを少し残念に思っています。私ばかりではなく、五階の病棟にいる少なからぬ人が同じように感じているようです。

私の担当医は子供たちの人気者でした。ぼろぼろになった手帳に小児病棟の子たちの生年月日を書きつけていた彼は、子供たちの誕生日が巡ってくると、夜更《よふ》けにやってきて枕元《まくらもと》にミニカーやぬいぐるみを置いていくのです。贈り物にはきまって短い手紙が添えられていました。無記名の手紙でしたが、右上がりの特徴的な字を書く人だったから、誰の日にも贈り主が彼であることは明らかでした。

雛《ひなまつ》祭りの日に『おかあさんといっしょ』のスタッフがプレイルームに現れたのも、彼がNHKに勤める友人に繰り返し頼んだ結果でした。子供たちはぬいぐるみを着たキャラクターにひどく興奮し、母親たちの何人かはまたしても涙ぐんでいました。その様子をビデオに収めながら、私の担当医も涙ぐんでいるように見えました。

五階の病棟に来るたびに、彼は子供たちの病室に顔を出し、両親の訴えに耳を傾けていました。でも、思いやりというのは仇《あだ》になることも多いのです。彼が小児科の担当医とやりあっているのを私は何度か目にしたし、融通が利《き》かない人だという評判も耳にしました。それは、あながち不当な評価とばかりは言えない部分もありました。理想を持つことは大切だけれど、実際には理想主義者の隣人ほどはた迷惑なものはないのです。

いずれにせよ彼はがんセンターを去り、名古屋の病院へ行くことになりました。それが栄転なのかどうか計りかねた私は、名古屋の大学でも出たのですかと訊《たず》ねてみました。彼は「縁もゆかりもない土地なので単身赴任することにしました」と答え、子供たちの母親から贈られたという万年筆を見せてくれました。聞けば、彼は新潟の出身で、年老いた開業医の父親は、郷里へ戻って病院を継いでくれることを望んでいるとのことでした。

「つまり、先生も今度のことではずいぶん悩まれたのですね」

私がそう言うと、彼は「ご推察の通り」と言って淋《さみ》しい笑顔を見せました。

「今度のことで一つはっきりしたことがあります。うちの女房は新潟という土地を嫌っていたのではなく、東京を離れること自体が嫌だったのです。名古屋ならそこそこの都会だし、ついてきてくれるだろうと思っていたのですが、見込み違いでした。女房にとっては新潟も名古屋も同じ田舎だったんです」

世の中には不思議なことがいくつもあるものだけれど、何が不思議といって、この日本で人事ほど不可解なものはありません。総理大臣から企業の部課長に至るまで、どうしてと言いたくなるような人ばかりがその椅子《いす》に腰かけているのです。

若い頃の私は周囲の人たちを心密《ひそ》かに軽蔑《けいべつ》していました。そのことは前にも書きましたが、当時の私は主に知的な面で彼や彼女を見下していたように思います。私は三年生のクラスに紛れ込んだ六年生のような気分でいたのです。

「あの方、おいくつなの？」

相手に対する軽蔑を抑えきれない時、私は周囲の人にそう訊《たず》ねることがありました。三十だとか四十だとかという答えを聞いた後、私はよくこう言ったものです。

「それ、あの方の知能指数なの？」

これは一つのジョークとして受けましたが、それを言う私は怒っていたし、本気でそう思っていたのです。あの頃の私は一体何に苛立《いらだ》っていたのだろう？　お門違いの人間が主要な地位を占め、威張りくさっていることに対して？　それとも二世三世の代議士が運転手付きのセンチュリーに乗っていることに？　当時の私は、ただ単にそんなふうに思っていました。でも、四十をいくつか過ぎたいま、私には自分の怒りがもっと別のものに向かっていたことがはっきりと分かるのです。その地位に就くべきでない人たちの横暴を見て見ぬ振りをし、それどころか、むしろ彼らに寄り添って余《よ》禄《ろく》を食《は》もうとする人たちの怯懦《きょうだ》にこそ私は苛立っていたのです。

もうずいぶん前のことになるけれど、ある雑誌から続きものの原稿を依頼されて、打ち合わせを兼ねた会食に招かれた晩のことを思い出します。新宿の中華料理店で会った担当の編集者は、はなから緊張しているようでした。といって、彼は私に会うことで緊張していたのではありません。顔を合わせるのはこの時が初めてでしたが、彼とはそれ以前から何度か電話や手紙のやり取りをしていたし、同じ年の生まれであることからちょっとした打ち明け話なども し合って、私たちは互いに親近感さえ抱いていたはずなのです。では、なぜ元中核派の編集者は、柄にもなく緊張したりしていたのでしょう? やがて分かったことですが、彼は少し遅れて現れることになっていた編集長を恐れていたのです。

五十代半ばの編集長は実によく喋《しゃべ》る人でした。最初のうちは話題が豊富な人くらいに思いながら聞いていたのですが、よくよく聞くと、ほとんどが自分の手柄話なのです。とはいえ、そのこと自体は特に気になったわけではありません。他の人が何も言ってくれない以上、自分で言うしかないのだから。

ぞっとさせられたのは私の編集者の態度でした。もう何遍も聞かされた話のはずなのに、彼はボスの自慢話にいちいち頷《うなず》き、時折、「どうしてそんなことができたのですか」などと、さも感心したように合いの手を入れるのです。そして、それに気をよくした編集長が、またしても誰も知らない「あの時」や「あの瞬間」の話をし始めるのです。

これは一体何の場なのだろう？　呆《あき》れて、私はひたすらお酒を飲んでいました。私がその手柄話に圧倒されて飲み続けているとでも思ったのか、若かりし頃、数々のスクープをものにしたという編集長は、その後も上機嫌で喋り続けました。結局、二時間も昔話をした後、編集長はこう言いました。

「基本的にお好きなことをご自由にお書きいただいて構いません」

隣に座る編集者もしきりに頷くので、私はこの申し出を受けることにしました。この時点で、最初に書くエッセイのタイトルもすでに決めていました。『喋る人、頷く人』といったものです。家に帰った私は、早速この夜の出来事を書き、編集者宛《あ》てにファックスで流しました。書き上げた原稿を読み返し、夜中に何度もくすくすと笑いました。上出来でした。多少設定を変えたものの、好きなことを自由に書いていいというのだからそうしたのです。

翌日、電話をしてきた編集者は明らかに困惑していました。色々と遠回しな物言いをした挙げ句、最後に彼はこんなことを言いました。

「雑誌業界というのは歴史が浅くて、黎明期《れいめい》には確かに色んなレベルの人が入ってきたんです。でも、それで今日までうまくやれてきたんですよ」

雑誌業界の歴史や、その黎明期に関する説明はともかく、うまくいっているというのは明らかな嘘《うそ》でした。編集長と編集者の間にまともな会話が成立していないような雑誌が、いい雑誌であるわけがないのです。この編集者は、恐らくボスに白を黒だと言われても頷き、ずっとそうした記事を作ってきたのです。何のために？　生活のため？　それとも出世のため？　でも、そんな雑誌で出世したって仕方ないじゃないの。同い年の編集者にそう言ってやりたくなるのを堪《こら》えて、「では、ボツにしてくださって結構です」と私は答えました。その一言を待っていた彼は、挨拶《あいさつ》もそこそこに電話を切りました。彼にとって、目先の問題の一つが解決したのです。でも、すぐにまた似たような問題に直面するであろうことに、この人はどれほど自覚的だったのでしょうか。

その後、彼がどうなったのか私は知らないし、別に知りたくもありません。いまでもその雑誌は書店にあるので、編集部ではいまも似たような芝居が繰り返されているのでしょう。権力を楽しむ人は、曖昧《あいまい》な実力よりも好悪《こうお》の感情を優先させるものだけれど、それにしても彼らを律していた秩序というのは何だったのだろう？　当時の私にはそれがよく分からなかった——というか、敢《あ》えて分かりたくなかったのです。

そんな雑誌のあり方に嫌気がさし、上役の顔色ばかり窺《うかが》っていた編集者を私は軽蔑したものですが、いまではそれは間違いだったと感じています。彼らは、小さな世界に生きている小さな人たちなのです。だからこそ、編集長は自分を大きく見せようと休みなく語り続けたのです。ここで忘れてならないのは、たとえ小さかろうとも、彼らにとってはそこが世界のすべてだということです。何があってもここで生きていこう。そう決めた人たちを笑い物にしようとした私は、やはり料簡が狭かったのです。

富田さんという同級生のことを憶《おぼ》えていますか？　私の記憶が確かなら、富田典子《のりこ》さん、といったと思います。あなたが五年生の秋に転校してきて、すぐにまたいなくなってしまった旅芸人の娘さんのことです。きっと憶えているでしょう。

あなたにせがまれて、一座の芝居小屋に出かけた夜のことがいまも忘れられません。あなたは新しい友人の出現に興奮していたし、とりわけ彼女が役者であることに感銘を覚えているようでした。私も私で、旅芸人一座の暮らしぶりや、彼らがどんな芝居をするのかに興味をそそられました。

富田さんは座長の娘でした。まだよちよち歩きの弟がいて、舞台が静まり返った一瞬に、どこからともなく幼児の泣き声が聞こえてきたりしたものでした。そんなふうだから、お世辞にも完璧《かんぺき》な舞台とは言えなかったけれど、役者たちは観客を楽しませようと、それは必死でした。

旅芸人の舞台など観《み》るのも初めてだった私は、どきどきしながらあなたの同級生の姿を目で追い続けました。少年剣士の役でほとんど出ずっぱりだった富田さんは、台詞《せりふ》も動きも多く、最後の方では肩で息をしていました。あなたはそんな彼女に感動して、何度も「すごい」と呟《つぶや》きました。舞台の上の彼女は確かに立派でした。それでも私は、あなたの友人がミスをするのではないかと心配でたまらず、途中からは話の筋を追うのもやめ、早く幕が降りてくれることだけを願っていました。

富田さんは早くから客席にいる私たちに気がついていたようでした。時折、こちらに不安げな視線をよこす彼女を見て、あなたの存在が要らぬ緊張を強いているのではないかと私は案じていました。観劇に出かけたというよりも、あの夜はただただ心配をしに行ったようなものでした。

無事に芝居が終わると、私は心底からほっとし、富田さんの演技を称《たた》えるため、あなたと一緒に楽屋を訪ねました。座長は娘の同級生が来てくれたことを喜び、立派なパンフレットを手渡してくれました。長女の演技を誉《ほ》めると、父親は近くの人の肩を叩《たた》き、娘を呼んでくるようにと言いました。

やがて現れた富田さんは、舞台で見るよりもずっと小柄な子でした。ドーランを塗ったままの頰を紅潮させながら、彼女は無言で私たちに頭を下げました。いまも私の記憶に焼きついているのはこの時のことです。富田さん、素敵だったわよ。あなたがそう話しかけ、私が横で頷くと、彼女は急に泣き出したのです。

「どうしたの？　富田さん、どうして泣いたりするの？」

あなたは戸惑いながら彼女を慰め、涙のわけを訊《たず》ねました。それでも富田さんは泣きやまず、舞台衣装の袖《そで》で何度も涙を拭《ぬぐ》いました。父親は困ったような顔で私に笑いかけ、「娘は転校ばかりしているもので」と言いました。私は楽屋の壁にかけられた赤いランドセルを見ながら頷き、なぜとも知れず、彼女と一緒に泣きたくなったことを憶えています。

「富田さん、いま頃どうしているかしら」

富田さんが瀬戸内の町に転校してしまってからも、かなり長い間、私たちは彼女のことを思い出したり、懐《なつ》かしんだりしていました。そんな時、あなたはよく涙を見せたものだけれど、私はもう哀《かな》しくも何ともなかった。誰かに同情して単純に不幸を思い描くよりも、その人の資質を見定め、先行きに希望を見出《みいだ》す方が私は好きなのです。あの時、富田さんはなぜ泣いたのでしょう？　様々に想像はできても、実際のところは私にもよく分かりませんでした。ただ一つ言えることは、彼女もまた簡単には抜け出すことのできない小さな世界に生きていたということです。

あの編集者が尊敬してもいないボスの言葉にひたすら頷き続けたように、富田さんは旅芸人の生活を知らないあなたの言葉にいつまでも泣き続けたのです。そこに違いがあるとすれば、経験が教えるものだけでしょう。三十をいくつか過ぎて、ようやく安住の地を見つけた元中核派の彼と違って、富田さんはまだ始まったばかりの自分の人生と和解できるような年ではなかったのです。……………結局のところ、人は誰でも小さな世界に生きているのです。そこがよき世界であれば幸いですが、そうでなければどうすればいいのでしょう？　そして、もしそこが個人の努力や決断だけでは抜け出すことのできない場所であったとしたら？　実を言うと、これから私はそのことについて書こうとしているのです。

私はあの編集者の人生には何の興味もありませんが、あなたや富田さんのような若い人たちの先行きには無関心でいられません。小説家や映画監督が若い人を主人公にするのはなぜだか分かりますか？　人生に直面しているのは若い人だけだからです。一生を左右するような出来事が起きるのはせいぜい二十代までで、あとの人生はその復習か、つけ足しにしかすぎないのです。

では、この私は一体いつ人生に直面したのでしょう？　それは二十三歳からのほぼ一年間、すなわち一九七〇年の春から翌年にかけてのことだったように思います。

「人類の進歩と調和」を謳《うた》った日本万国博覧会が開幕したのは、一九七〇年三月十五日のことでした。

研修のため、その一ヵ月前に大阪に呼び集められた私たちは、ロイヤルブルーの制服と新築マンションの一室を与えられました。私はピエール・カルダンがデザインしたというシックな制服が気に入ったし、新しい住居にも満足しました。千里ニュータウンと名づけられたマンモス団地群の一角、そこに建設されたばかりのマンションが私たちの寮でした。

寮の近くには阪急の駅があり、駅前にはちょっとした商店街がありました。団地の一階にも「阪急オアシス」というスーパーマーケットが入っていたから、遠出をするまでもなく、ひと通りの物はそこで揃《そろ》いました。寮には専用の食堂もあって炊事をする必要もなく、それぞれの実家から送られてくる各地の名産をわけ合って、私たちは何不自由ない暮らしをしていたのです。

たまに「オアシス」でビスケットや果物を買い、仲間内でちょっとしたパーティーを開くこともありました。恋愛、お見合い、家庭事情、再就職への不安、博覧会協会本部の人たちの噂話《うわさばなし》……話題は尽きることがありませんでした。二十歳を過ぎて、こんな気楽な生活ができるなんて思ってもいなかったから誰もがはしゃいでいました。

私の部屋は最上階の十一階で、窓から万博会場を一望にすることができました。夕暮れ時の万博会場は美しく、ビールを飲んで酔いが回ると、未来都市そのものに見えました。「太陽の塔」から放たれるまばゆいほどの光線、人工池に映し出される無数のイルミネーション、「光の木」と題され、ひときわ美しく輝くスイス館……それらのコントラストは見事なものでした。この光景を称して、あるコンパニオンが「一九七〇年の夜桜」と言ったのはうまい譬《たと》えでした。万国博には世界的な規約があって、閉会後、会場内の施設はすべて取り壊されることになっていました。あの年の千里丘陵のきらめきは、まさに半年限りのものだったのです。

賑《にぎ》やかな議論の結果、コンパニオンではなくホステスと呼ばれることになった私たちは、それから連日研修に明け暮れました。会場内を巡り歩いていくつものパビリオンを見学し、様々な人の話を聞きました。これはこれで面白い体験でした。松下幸之助や江戸英雄といった財界人が演壇に現われたかと思えば、裏千家の家元夫人や芸能プロダクションの女社長までが登場し、「日本女性の美しさ」から「美しい脚の組み方」まで講義してくれるといった按配《あんばい》なのです。内外の要人とマスコミ関係者への対応については特に細かい注意を受けました。私たちは日本語的な意味でのホステスであり、訪問客に非礼なくかしずくことを求められていたのですが、それにしても服従を当然のことと受け止めている人の多さに私はあらためて驚かされたものです。

会場の広さについては説明するのが難しいほどです。会場内は「動く歩道」で縦横に繋《つな》がれ、モノレールやロープウェイ、さらには場内専用のタクシーまで走っていました。私はいつも西口から会場に入っていたけれど、いくつものパビリオンを横目に見ながら中央口まで行き、中国自動車道を越えて協会本部に辿《たど》り着くまで二十分以上かかったと言えば、少しはその広さを想像してもらえるでしょう。

本部ビルに隣接するプレスルームを見学した時、あらためてこの博覧会が桁外《けたはず》れのものであることを実感しました。後にも先にも、私はあれほど大勢のカメラマンを見たことがありません。海外からの特派員だけで延べにして八百人近くいたというのだから、あのプレスルームはそれでも手狭だったのです。

開催日が近づくと、頻繁に広報担当者に呼び出され、笑顔でカメラに収まり、記者たちの質問に答えるよう命じられました。

私が会った記者は奇妙な人ばかりでした。取材といいながら、話をするのはもっぱら記者やカメラマンたちなのです。取材を受ける以上は、きちんと自分のことを知ってほしい――そう思って事前に話の要点をメモに書き込むことまでしていたのですが、こうした努力はすべて無駄に終わりました。写真撮影を済ませ、経歴やホステスに応募した動機などを訊ねると、彼らはコーヒーをお代わりし、世間話を始めるのです。

「今度の万博はものすごい人気だ。記念切手を買うだけで、郵便局の前で三時間待ちらしい」

「万博景気をあてこんで、東福寺や三十三間堂は拝観料を値上げするそうだ」

こうした会話の意図が分からず、最初のうち、私はただ戸惑っていました。それでも同じようなことが二度三度と続くと、嫌でもある事実に気づくのです。三十分ばかり話をしたところで自分がどんな人間であるのかを知ってもらうのは不可能だし、記者たちだってそんなことを知りたがっていたのではありません。彼らはただ間近で私たちを観察し、個人的に言葉を交わしてみたかっただけなのです。

彼ら取材記者の目に、四百人の協会ホステスはいかにも古風で奥ゆかしい日本女性と映っていたようです。善、徳、殊勝な心がけといったものは、この時代にもすでに古い価値として否定され、攻撃されていました。それが失われつつある得難い価値であることをほのめかすこと——できあがった記事から察するに、それが彼らの仕事のようでした。そうであるならば愚直に意志を表明するよりも、自分をどんな人間に見せるかに注意を払った方がよほど結果はいいのです。熱心に話し続けるよりも俯《うつむ》き加減で言葉を選んでいればそれで済んだのだし、そうした態度こそが望まれていたのです。

印刷物の中に繰り返し自分の顔を見るというのは奇妙な経験でした。新聞や雑誌のグラビアページを開くのは、初めのうちはひどく勇気のいることでしたが、現実にそうしたことが続くと、次第に自分の表情が取り澄ましたものになっていくのに気づくのです。他のホステスたちにしても事情は一緒のようでした。毎日のように写真に撮られ、意味もなく握手を求められたりしているうち、私たちは心密《ひそ》かにメディアへの露出を競うようになり、百貨店の化粧品売場の得意客になっていきました。協会本部が取材を受けるホステスを輪番制にしたのは、こうした事情があったからです。その事情とは他でもなく、私たちが女だったということなのだけれども。

自衛隊機が大阪の空に「ＥＸＰＯ」の文字を描き、夥《おびただ》しい数の千羽鶴が舞い落ちる中、大阪万博は開幕しました。

私たちの頭上には、あの忘れ難い「太陽の塔」が聳《そび》え立ち、会場には「国連の鐘」が鳴り響きました。天皇家を始めとする来賓の列席に協会本部の職員たちは緊張しきっていたけれど、三年ぶりに振袖を身にまとった私は、他のホステスたちと一緒にたはしゃいでいました。一九七〇年の春の華やぎは格別でした。「甲子園球場の八十三倍」という広大な丘陵地に群がった人々の輪は、若い私たちを駆り立てずにおかない闇雲《やみくも》な熱気に満ちていたのです。

大阪万博は国を挙げての途方もない、しかしどこか奇妙なお祭りでした。大勢の人が会場に押しかけ、列を作り、迷い、夕方にはすっかり疲れ果てていました。中でも「人類の進歩」の象徴であるアメリカ館の人気は凄《すさ》まじく、人々は子供の手を引いて何時間も待った挙げ句、ほんの数秒間だけアポロが月から持ち帰った石を眺めるのです。そして、それが何の変哲もない塊であることを確認して満足げに通りすぎて行くのです。それはひどく奇妙な光景でした。にもかかわらず、入場者数は日を追うごとに膨れ上がっていったのです。会期中の入場者数は六千四百万人だったというから、数からいえば国民の半数が万博詣《もう》でをした計算になります。あの半年間、千里の万博会場は確かに日本の中心地だったと言えるでしょう。

私が根気よくこうしたことを書くのは、これが単なる博覧会ではなかったことを知ってほしいからです。終戦の年からちょうど四半世紀の節目に開催された大阪万博は、高度成長の総仕上げの見本市であり、仮に戦後という時代があったとすれば、その幕引きの役割を果たした祭典でもあったように思います。

私にはロウソクの灯りのもとで食事をした遠い記憶があります。終戦後しばらくの間、停電は日常茶飯事でした。ロウソクが家庭の必需品だったなんて、あなたの世代には想像もつかないでしょう。懸命な、それこそ血の滲《にじ》むような努力の結果、日本は生まれ変わったのです。そう、かつてない規模の万国博覧会を開催するほどに。

この年まで、日本は良くも悪くも一つでした。戦後の復興から繁栄に至る過程で起きた出来事は、そのどれもが国民にとっては目新しく、刺激的で、胸を掻《か》きむしられるような経験だったのです。新しい家電製品やスポーツタイプの車、あけすけにセックスを描いたベストセラーなどに、その都度衝撃を受けてきた日本人が、最後になって一つところに集まってきたのが大阪万博でした。

あなたは何を見に来たのか――新聞記者にそう訊ねられ、「万博を見に来た」と答えた人がいました。その言葉通り、人々を惹《ひ》きつけたのはパビリオンに置かれていた何かのかけらなどではなく、万国博覧会そのものだったのです。

私の周りにいたホステスたちは、ああした仕事の性質上、大部分がいわゆるお嬢様でした。私自身も、そうだったのかもしれない。

「一度、就職というものを経験してみたかったのです」

「半年間というのは、ちょうどよい長さだと思いました」

他の女性たちの発言を新聞で読んで、この日本にも目に見えぬ階級制度が存在することをあらためて実感したものですが、こうした選ばれた集団の中にも、やはり様々な人がいたのです。

昨日まで一緒に仕事をしていた人が、ある日突然いなくなる。そんなことが何度かありました。そのたびに、あの人は有名な誰それと婚約したのだとか、恋愛事件を起こして親許《おやもと》に呼び戻されたのだとかといった噂が立ちました。私たちの間では、恋愛は紛れもなく一つの事件だったのです。もっとも、恋愛が原因で辞めていくのは例外的なことで、会期中には仕事と両立させている人が大部分だったように思います。かく言う私もその一人で、相手の男性は協会本部で働いていた二歳年上の人でした。

4

大阪万博の跡地は記念公園になっていて、太陽の塔や万国博ホール、鉄鋼館など一部の施設はいまもそこに残っています。私はその公園には一度も行ったことがないけれど、人伝《ひとづて》に聞いたところでは博覧会の協会本部が入っていた建物も現存するようです。

いつか大阪に出かける機会があれば、協会本部が入っていたビルに行ってごらんなさい。万博の二文字を目にするたびに、私はいつもあのビルを思い出すのです。若く野心的な建築家の手になる建物の内部は、壁も床も天井も赤一色に塗られていました。ビルの二階から会場に続く細長い通路も赤く染め上げられ、採光用の小窓から差し込むオレンジ色の光と相まって、えもいわれぬ不思議な雰囲気を醸《かも》し出していました。あれがきっと一九七〇年時点での「モダン」だったのでしょう。

ビルの窓からは真正面に太陽の塔が見え、仕切りさえない各階のオープンスペースには一千人もの人々が働いていました。フロアには大阪弁と英語、ジョークと誘い文句が飛び交っていました。協会本部は職場であると同時に社交の場でもあったのです。正規の職員ばかりではなく、そこには官庁や企業から派遣されてきた若い人たちが大勢いました。国の威信を懸けたイベントだっただけに役所や企業もそれなりの人材を送り込んできていたし、本部ビルにはミニスカートをはいた女性が頻繁に出入りしていました。選ばれた男女が顔を合わせるのだから、必然的に数多くのロマンスが生まれました。あのモダンな佇《たたず》まいの本部ビルは、気に入った相手を見つけるのにまたとない場所だったのです。

私はどうだったかって？　もちろん、そのビルで一番の男性を見つけました。他の男なんか、まるで目に入らなかった。彼こそ、私が探し求めていた人だったのだから。一千人もの職員がいたとはいえ、その人を見つけ出すのに大して時間はかかりませんでした。すでに多くの女性があれこれと彼について語っていたのだし、私たちが顔を合わせるのも時間の問題でしかなかったのです。

初めて臼井《うすい》さんを見かけたのは、万博が開催される半月ほど前でした。何かの用事でルームメイトの雨宮さんと一緒に協会本部へ立ち寄った帰りに、駐車場の方から歩いてくる彼とすれ違ったのです。

一九七〇年の春先は大阪も凍《い》てつくような寒さが続いていました。特にこの日は前夜からの雪が降りやまず、会場のあちこちで除雪作業員の姿が見られました。雨宮さんと私は一本の傘の中で身を震わせ、互いの身体《からだ》をぶつけ合うようにして歩いていました。

人生には忘れ難い瞬間というのがいくつかあるものだけれど、私にとってはこの時がそうでした。小雪がちらつく中、コートも着ずに歩いて来る彼を見た時、すぐにホステスたちが噂《うわさ》しているのはこの人なのだと分かりました。

雨宮さんに倣《なら》って会釈《えしやく》をすると、臼井さんも軽くこちらに頭を下げました。痩身《そうしん》で背が高く、銀縁眼鏡をかけた彼は、むっつりとして、ひどく無愛想な感じでした。それでも私はすぐにその顔が気に入りました。どう言ったらいいのか、まだ二十五歳なのに人としての充実が外見に滲み出ているといった感じなのです。臼井さんは大変な秀才だという評判だったし、一見しただけで、そうに違いないと思いました。でも、ひと目惚《ぼ》れしたなんて言いたくない。ただ頭がよく、見てくれがいいというだけでなく、彼にはもっと別の何かが備わっているように見えたのです。私はそれが何であるのかを知りたいと思った。

人生は宝探しに似ている、とある人が書いている。掘り下げていくほどに様々なものが見つかるのだ、と。あなたにもこの言葉を噛《か》みしめてほしい。宝物である以上、そう簡単に見つけられるものではないかもしれない。でも、金塊はすぐそこに眠っているのかもしれないのです。そうと知りながら、どうして掘り起こさずにいられるだろう？　黙って彼の前を通り過ぎるなんて、私にはできない相談だった。私は臼井さんを知りたいと思った。どうしても知りたかった。そして彼にも、私という人間がいることを知ってほしかった。それは十代の頃に経験した闇雲なひと目惚れとは違う、とても不思議な感覚でした。

「あの人が臼井さんよ」

すれ違ってしばらくすると、雨宮さんがそう教えてくれました。その頃の臼井さんは語学の教育係といった役どころで、彼女はその熱心な生徒の一人だったのです。

臼井さんに関する評判は、どれも驚くようなものばかりでした。京都大学の言語学研究室に在籍していた彼は、英語とフランス語、それに広東語《カントン》で京都のガイドブックを書き上げ、十ヵ国語くらいは楽に話せるというのです。

「むっつりしていて何だか嫌な感じね」

私がそう言うと、雨宮さんは白い息を吐きながら「そうかな」と呟《つぶや》きました。これについては彼女の方が正しかったと思います。この時、臼井さんがひどい歯痛に悩まされていたことを知ったのは、しばらくたってからでした。

大した用もないのに、それから私はちょくちょく協会本部へ出かけるようになりました。一人で行ってはチャンスがないので、そんな時は口実を作って雨宮さんを誘いました。とにかく私は臼井さんと顔見知りになり、話をしてみたかったのです。話ができなくても顔だけでも見たいと思い、協会本部へ行くたびに彼の姿を探しました。そこには私と同じ目的で来ているらしいホステスがいつも何人かいました。そんな人たちを見かけるたびに、もう来るのはよそうと心に決めるのですが、それでいて私の視線はひっきりなしに彼の上に戻ってしまうのです。

邪気というものがまったくなかった雨宮さんは、何の疑念も抱かずに私のお供をしてくれました。彼女はひどく世間に疎《うと》い人で、会場内で有名人に出会っても気がつかないことがほとんどでした。オープニング・セレモニーが行われる直前に岡本太郎とすれ違った時も、雨宮さんは普通の人にするように軽く会釈をしただけでした。

「あの人が『太陽の塔』を作った人よ」

そう説明しても、頷《うなず》きこそするものの、どこかピンときていない様子で、「もうじき春ね」などと言うのです。周囲の人たちはそんな彼女のことを面白がり、あからさまにからかっていました。

「雨宮さん、先週、東京で革命が起きたの、知ってる？」

四月に入って間もない頃、協会本部にいた自治省の役人が彼女にそう声をかけました。そこは中央官庁や大阪府の職員たちの溜《た》まり場になっていたのです。

「いいえ、知りません」

雨宮さんが真顔で答えると、「やっぱり」と言って全員が笑いました。その輪の中には臼井さんの姿もありました。

近くにいた女性職員と話しながら、私は役人たちの会話に耳を傾けました。彼らが「革命」と言ったのは、三月末に起きた『よど号』事件のことでした。羽田を飛び立った日航機が赤軍派を名乗る男たちに乗っ取られ、数日間はこの話題で持ちきりだったのです。

役人たちがいかにも楽しげに話していたのは、新聞に掲載された写真のことでした。「これが犯人たちだ」というキャプションがつけられた写真には、空港のロビーでコートを着た三人の男が写っていました。めいめいに変装をしていたものの、日本刀を入れていると見られる長い筒を持っていることから、どうやら犯人たちであることに間違いなさそうです。では、誰がこんな写真を撮って新聞社に流したのか？　それがこの場の話題でした。

「たまたまロビーにいた人が撮影したなんて書いてあったけれど、あれは嘘《うそ》だよな」

「警視庁の公安部に決まってるよ。張り込んでおきながら、みすみすハイジャックされるなんて間抜けなやつらだ」

誰かが話すたびに笑い声があがり、その都度、臼井さんも一緒になって笑顔を見せていました。むっつりとした様子はどこにもなく、むしろ愛想がいいとさえ言えるほどでしたが、それでも彼はけして社交的な人には見えませんでした。自分から口を開くことはほとんどなかったし、役人たちに話しかけられても、頷きながら一言か二言返すだけなのです。

「犯人の中には臼井くんの大学の後輩もいたんだろう?」

会話が一段落すると、ある役人が彼にそう訊《たず》ねました。

「何度か話をしたことがあります」

臼井さんが小さく頷きながら答えると、その場にいた人たちは少し驚いたようでした。

「臼井くん、ひょっとしてオルグでもされたの?」

「頼まれて本を貸しただけです。もう返してもらえないでしょうけれど」

「大事な本だったの?」

「ええ、僕にとっては」

「何という本？　何だったら、東京に連絡して探させようか」

「いいえ、本自体は珍しいものではありません。ただ、あちこちに書き込みをしてあったんです」

臼井さんが答えるたびに、全員が聞き耳を立てました。役人たちは、どんな書き込みをしていたのかについても知りたそうな様子でした。

この時、近くにいた人が、やや唐突に訊ねました。

「君は外交官にでもなるつもりなの？」

臼井さんは首を振り、「大学に残れればいいと思っています」と答えました。それをささやか過ぎる希望と受けとめたらしく、役人たちは口々に「もったいない」と言い合いました。

当の臼井さんは、経費伝票に数字を書き込みながら、まるで他人《ひと》ごとのように彼らの話を聞き流していました。その光景になぜだか少し感動を覚えながら、私はその場から立ち去り難くなっている自分の気持ちと戦っていました。この人のことをもっと知りたい。彼が何を思い、何を望み、そして何をしようとしているのか。どんな生い立ちで、どんな本を読み、どんな少年時代を過ごしてきたのか。どんなことでもいい、彼のことなら何でも知りたいと思った。

臼井さんは不思議な人でした。多くの人がその不思議の理由《わけ》を知ろうと近づいて来るのですが、どうしてなのか、彼は他人と打ち解けることがほとんどなかったのです。語るべき事柄はたくさんあるはずなのに、敢《あ》えてそれを語らずにいる彼とは一体何者なのだろう？　臼井さんには、周囲の人にそんなふうに感じさせる部分があって、それが彼という人を引き立たせていたように思います。もっと開けっ広げな人だったら私だってあれほど彼に魅《ひ》かれることはなかったかもしれない。私たちは謎《なぞ》があるからこそ知りたいと思うのだし、安易に語られてしまう言葉よりも、語られずに終わってしまいそうな言葉を聞き出したいと願うのです。でも、私は彼からどれだけの言葉を引き出せるだろうか？　正直に言って、あまり自信がなかった。

その日の深夜、私は北海道のある寒村を舞台にしたドキュメンタリー番組を観《み》ました。収穫の季節を終え、出稼ぎ者たちが古いバスに乗って出て行くと、村に一軒しかない居酒屋には老人と失業保険で暮らす男しか来なくなる。やがて雪が積もり、除雪車が動き始めると、一人の客さえ来なくなり、最後には独身者である店の主人が、『紅白歌合戦』を観ながらカウンターで一人飲み始めるのです。

この時に観た冬の北海道のイメージは、その後、長く私の中に残りました。降り積もった雪と怖いような吹雪の音、その中にポツンと光る文字通りの赤提灯《ちょうちん》。東京で生まれ育った私にとって、これほど孤絶という言葉がふさわしい光景はありませんでした。それにもかかわらず、私は憧《あこが》れにも似た気持ちでブラウン管を眺めていたのです。奇妙な思いつきに違いないのだけれど、私は臼井さんと一緒にその村へ行ってみたいと思いました。けして誰も訪ねて来ないだろうその店で、彼と二人きりで、いつまでも話をしていたいと思ったのです。好きな歌や本や映画、どんなことでもいい、彼の話を聞き、その上で彼が私の退屈な打ち明け話にも耳を傾けてくれたらどんなにかいいだろう。そんなことを痛いほどに思っていたのです。

その年の夏、臼井さんにこの話をすると、彼も同じ番組を観たと言いました。そして、自分は舞鶴《まいづる》の生まれなのだと話しました。

「僕は雪を見るたびに舞鶴の港を思い出す。父は釣りが趣味で、沖に浮かぶ筏《いかだ》に腰かけて冬でも一日中釣り糸を垂れていた」

「お父様の狙《ねら》いは？」

「チヌ、クロダイだよ。一度、大きなチヌを釣り上げて新聞に載ったことがある。その切り抜きが親父《おやじ》のたった一つの自慢だったな」

「臼井さんも一緒に釣っていたの？」

「中学の時に一度だけ。その時、生まれて初めて酒を飲んだ。牡丹《ぼたん》雪が降っていたけれど、お腹《なか》も心もあったかかったのを憶《おぼ》えている」

臼井さんが父親の話をしたのはこの時だけでした。それからも何度か両親のことを訊ねてみたのだけれど、彼はいつもそうした話題から遠ざかろうとしました。臼井さんの父親は、舞鶴湾に浮かぶ筏に腰かけて夜通し釣り糸を垂れていた。結局、私が知り得たのはそのことだけでした。父親はずいぶんと孤独な人らしく、臼井さんもどうやら同じ性質を受け継いでいるようでした。そう、彼は淋《さみ》しい人だったのです。どうして、と訊《き》きたくなるくらいに、淋しくて、不思議な人だったのです。

協会本部近くの駐車場に差しかかるたびに、私は何気ないふうを装《よそお》ってツートンカラーのベレットを探しました。それが臼井さんの車でした。京都ナンバーのベレットが停まっている時は協会本部に立ち寄り、車が見当たらなければ近くの郵便局に寄ってから引き返す。そんなことを繰り返しているうちに桜の季節になりました。

万博会場には各曜日が冠された広場があって、それぞれにインフォメーションセンターと名づけられたブースが設けられていました。私たちホステスは七つの広場を渡り歩き、テレビ電話が設置されたブースに交替で詰めていたのです。そこで海外からやって来て迷子になった人たちからの電話を受け、モニターに向かって笑顔で会場の説明をする。それが私たちの仕事でした。

「英語なんか話せない方がよかった」

不幸にして私の同僚になったあるホステスは、休憩時間のたびにそうこぼしていました。電話がかかってくることはめったになく、実際には常に休憩時間のようなものだったのだけれど、そのことが私たちの一番の不満でした。

ひと月もすると、協会本部もブースが人員過剰であることに気づいたようです。そんなことに気づくのに、どうして一ヵ月もかかったのか逆に不思議なほどでしたが、ともあれ私は週に何度か陰気なブースから解放されることになったのです。モニターや壁を眺めているのに較《くら》べたら、東京からやって来た各国大使の接待役はまだしも変化がありました。

大使らを接遇する迎賓館は、会場の北側一帯に広がる日本庭園の外れにありました。四月のある午後、迎賓館での仕事を済ませ、帰りに庭園の中を散策していた私は、池のほとりに人だかりがしているのに気づきました。

最初に目にしたのは、あでやかな着物姿の女性たちでした。その中心にいたのはイタリアから来ていた高名なオペラ歌手で、彼らは満開の桜を背景に記念撮影をしていたのです。偶然に通りかかった私は、立ち止まって、しばしその華やいだ様子を眺めていました。カメラマンがフィルムを交換している間、女性たちは全員桜の木の下に隠れました。確かに、かなりの陽射《ひざ》しでした。

しばらくして、少し離れた場所に臼井さんがいることに気がつきました。いつものように紺のブレザーを着て、レジメンタルのネクタイをしていました。彼の方が先に気がついていたらしく、目が合うと軽くこちらに右手を上げました。

「オペラに興味があるんですか」

私の横に歩み寄ってくると、臼井さんはそう言いました。突然のことに戸惑った私は「いいえ」とだけ答えました。

撮影が済むと、周囲を取り囲んでいた人たちが次々にオペラ歌手に色紙やハンカチを差し出しました。三つ揃《ぞろ》えの襟に赤いバラを挿《さ》したオペラ歌手は、愛敬《あいきょう》を振りまきながらサインをし始めました。「コンニチハ」とか、「ドウモ」などと言いながら。

行列はすぐに十メートルくらいになり、それを見て、また多くの人たちが集まってきました。たちまち百人以上の輪ができて、私たちは後ろから押され、写真機のすぐ横に並んで立つ羽目になりました。大勢の人に囲まれたオペラ歌手は両手を広げ、いかにも困惑したように宙を仰いでみせました。そうしている間にも人の輪は幾重にも重なり、やがて手拍子が始まりました。

「歌を歌って、拍手されて、サインをせがまれて。でも、たったそれだけのことじゃないか」

臼井さんは舌打ちをし、そんな意味のことを言いました。この人は案外偏見の多い人なのかもしれない。私はそう思ったし、何よりも彼の断定的な物言いに驚かされました。

忙しくサインを続けながら、オペラ歌手は近くにいた通訳に何事かを耳打ちしました。

「サインをする代わりに一曲歌ってくださるそうです。どうか、それでご勘弁くださ い」

通訳が声を張り上げると、手拍子はすぐに大きな歓声に変わり、それからちょっとしたショーが始まりました。オペラ歌手は、わざとキーを外した発声練習で周囲を沸かせた後、両腕を前に組み、もう一度通訳に言葉をかけました。

「歌い終わるまでに二時間はかかるそうです」

笑い声と、それに続く長い拍手が収まるのを待って、オペラ歌手は歌い始めました。彼が歌い出した瞬間に味わったぞくぞくとする感じをいまも忘れることができない。一体何を歌ったと思う？　この歌手は私たちの期待をあっさりと裏切ってみせたのだけれど、あんなにも心地よく裏切られたことはなかった。

彼が歌ったのは、『ベサメ・ムーチョ』でした。観客たちは不意を突かれてどよめき、そして静まり返りました。コンスェロ・ベラスケスが作曲したラテンの恋歌は、桜の花が咲く庭園に朗々と響き渡り、誰もが言葉を失っていました。疑いもなく、それは私がこの生涯で耳にした最も感動的な一曲でした。彼の歌声には技術以上のもの、才能以上のあるものが息づいていた。それが何であったのか私には分からない。それでも、その場にいた多くの人が同じ感激に浸っていたのは確かでした。歌が終わっても拍手と歓声はいつまでもやまなかったし、若い女性の中には涙ぐんでいる人さえいました。

「もう行こう。喉《のど》が渇いた」

臼井さんに促され、私は人の輪をくぐり抜けるようにしてその場を離れました。四月だというのに汗ばむほどの陽気で、人込みから抜け出すと頭がくらくらしたのを憶えている。でも、あれは陽気のせいだけだったのだろうか。

しばらく歩いたところで、また拍手が聞こえてきました。振り返ると、なだらかな丘を下ってゆくオペラ歌手の後ろ姿が見えました。彼は時折立ち止まり、両手を腰に当てて桜の花を見上げました。私はその光景に胸を打たれました。大阪の桜はこの時が盛りで、そのあたりはまるで薄紅色の森なのでした。周囲にはまだ人々が群がり、彼のゆっくりとした歩調に合わせて、楕円形《だえんけい》の輪もまたゆっくりと遠ざかってゆきました。その光景を見ながら、どうして泣かずにいられたのかわからない。やがて彼らが一筋の狭い小径《こみち》に分け入っていくと、春だというのに私はなぜだか哀《かな》しく、物欲しい胸が締めつけられるようでした。

臼井さんは喫煙所の前で立ち止まり、セブンスターに火をつけました。

「あんな曲を歌うなんて」最初の煙を吐き出すと彼は言いました。「でもあの歌手、すごいじゃないか」

「ええ、私も素晴らしいと思いました」

「あの曲を聴きながら、僕はチュニスのことを思い出した」

「チュニス？」

「うん、メキシコじゃなく、チュニスを思い出した」

それから臼井さんは、二年前に旅行したというチュニジアの首都の印象を語りました。手を伸ばせば摑《つか》めそうな、暑くて重いアフリカの空気。あの直射日光の中で見た白い街並がいかに美しかったか。それまで旅したあらゆる街の中で、彼はチュニスが一番だと言いました。次に好きな街はと訊《たず》ねると、プラハやサラエボ、ザグレブといった東欧諸国の街の名を挙げ、個人的な印象を口にしました。一ドルが三百六十円の時代だったにもかかわらず、彼はすでにいくつもの国を旅していたようでした。

私たちは日本庭園のゲートを抜け、バラ園を横に見ながら歩きました。A rose is a rose is a rose ――バラはバラはバラである。臼井さんは鼻歌を歌い、ガートルード・スタインの有名な一節を口にしました。私は言葉もなく、彼の口許《くちもと》を見つめていました。そんなに間近で彼を見たのはこの時が初めてでした。最初の印象は、結局、最後まで残りました。どうやら彼は、私の知らない世界を見知っている人のようでした。

翌日の昼、私はもう一度彼に会いました。私が詰めていた日曜広場のインフォメーションセンターに、突然、臼井さんがやって来たのです。彼にしては珍しく、自分から何人かのホステスに声をかけ、立ち話をしていました。陽射しが強いとか、人の入りはどうかとか、そんな話でした。あるホステスが、外国人が一番喜ぶ京都の名所はどこですかと訊ねると、彼はどこの国の人なのかと反問しました。「アメリカの方です」という答えを聞くと、彼は素っ気ない口調でこう言いました。

「清水寺や二条城あたりで十分じゃないか。アメリカ人は大きい物なら何でも好きだから」

質問をしたホステスは気の毒なほどに顔を赤らめ、他の女性たちも驚いた様子で彼を見上げました。女性たちに背を向け、彼が日本館の方へ向かって歩き出すと、ブースには戸惑いだけが残りました。

臼井さんは日本館前の広場をぶらつき、あたりを見回しながら煙草《たばこ》を吸っていました。ホステスたちは、そんな彼の様子をちらちらと窺《うかが》い、訝《いぶか》しげな視線を交わし合っていました。臼井さんが何を考えていたのか私には分からなかったけれど、それでも彼が何かをしようとしているのは確かでした。

十分ほどして臼井さんは再びブースへ戻ってきました。でも、もう誰も彼に話しかけようとはしませんでした。ちょうど勤務交代の時間帯で、昼食に出かける準備を始めた同僚が声をかけてきました。私は誘いを断り、日傘を差して彼女たちと反対の方向に歩きました。少し歩いたところで後ろからやって来た臼井さんに呼び止められました。予感はあったものの、すぐ横に並ばれると緊張して頬がこわばるのが分かりました。

「まだ日傘を差すほどじゃないだろう」

話しかけられても、私は黙ったままでいました。からかわれるのはごめんだったし、それにどう答えていいのかも分からなかったから。

「彼女たち、びっくりしていたじゃないですか。あの人たちは過激な意見には慣れていないんです」

私は日傘を閉じながら言いました。頷《うなず》きこそしたものの、臼井さんは表情ひとつ変えませんでした。

しばらく歩いたところで、私は通りすがりの子供たちにサインをねだられました。どういうわけか、私たちは会場でサインを求められることが多かったのです。差し出されたノートにサインをし、三人の子供と順番に握手をすると、彼らは丁寧にお辞儀をして走り去っていきました。日陰でその様子を見ていた臼井さんは、笑い声をあげました。彼がそんなふうに笑うのを見たのは初めてでした。

「そのへんで食事でもしませんか」

再び歩き出すと、彼はそう言いました。待ちかねていた言葉だったけれど、私は食欲がないと答えました。では何か飲もうということになり、何がいいかと訊ねられた私は「ニュージーランド館のミルクセーキ」と答えていました。それを聞くと、彼はもう一度笑いました。

「馬鹿《ばか》にしているのね。臼井さんはご自分がお出来になるから、色んな方のことを馬鹿にしているんだわ」

そう言いながら、私は自分自身の言葉に驚いていました。それまでの人生で、こんな媚《こ》びた言葉を口にしたのは初めてでした。

「逆に訊《き》くけれど、直美さんはどうなの？　直美さんはいつだってひどく自信ありげに見えるんだけれど」

この人はいつから私のことを観察していたのだろう？　それとも単に印象を口にしているだけなのだろうか。大急ぎで「そんなことはありません」と答えたものの、不意を突かれたせいか、その言葉に真実味を持たせることはできませんでした。

ニュージーランド館は、太陽の塔がある「お祭り広場」に隣接する小さなパビリオンでした。ここの乳製品はどれも美味《おい》しいと評判で、アルバイトの学生たちはいつも大忙しでした。中でもミルクセーキの人気は大変なもので、この時も長い行列ができていました。

私たちはミルクセーキを諦《あきら》め、自販機を探すことにしました。子供向けのイベントが始まるらしく、広場には風船を手にした親子連れが大勢いました。遠くの方からブラスバンドの演奏が聞こえ、ピエロの格好をした人たちが行進しているのが見えました。そうかと思うと、ソンブレロを被《かぶ》ったマリアッチがギターを弾き、スペイン語の歌を歌っているのでした。その横で相方が通行人にコンサートの宣伝ビラを配り、

「二時開演です」と連呼していました。もうじき万国博ホールでセルジオ・メンデスのコンサートが始まるようでした。

私たちは人波に押される格好で万国博ホールの方へ歩きました。辿《たど》り着いたのはホールの裏手に当たる場所で、水上ステージがあり、スピーカーから流れる音楽に合わせて噴水が舞い上がる仕掛けになっていました。噴水前は待ち合わせの場所にもなっていて、この時も人待ち顔の男女が何人もいました。

噴水の前は私のお気に入りの場所だったから、ひょっとしたら私の方からそこへ誘ったのかもしれない。音楽と水の音を聞きながら、広場の方を眺めるのが私は好きでした。休みの日にもたまにここへ来て、行き交う人々の姿をぼんやりと眺めたりしていたのです。そんな時、私の中にはいつも一つの期待があったように思います。何の約束もないのに家にじっとしていられず、渋谷や原宿へ出かけた日曜日があなたにもあったでしょう。心のどこかで、何か幸運な偶然とでもいったものを期待して。二十三歳にもなっていながら、私はそんな思いで何度もここへやって来ていたのです。

もちろん、期待していたような偶然に遭遇することはなかったし、ミルクセーキはむしろ苦い思い出と結びついていました。それなのに、今日は彼の方から私のところへやって来て、私を誘い出し、こうしていま一緒に広場の方を眺めている。何を話していいのかも分からず、私は黙って俯《うつむ》いていました。言葉を選ぶよりも喜びを隠すことに必死だったから、臼井さんがコーラを買いに行った時は、少しほっとしたのを憶《おぼ》えている。ブレザーを私に預けると、彼は勢いよく広場の方に駆け出していきました。制服姿のままでこんなところにいるのは良くないことに違いないのに、彼のブレザーを整えながら私は鼻歌さえ歌っていました。なぜか『メリーさんの羊』などを。緊張と喜びが同居できることに驚きながら、私は噴水の前を行ったり来たりしていました。このまま彼と一緒にいたいという思いが、言葉にならない闇雲《やみくも》な欲求が、この時ほど胸に迫ってきたことはありませんでした。

臼井さんはどうしてしまったのだろう？　そう思い始めた時、ミルクセーキを手に彼が戻ってきました。ニュージーランド館でチーズを売っている後輩に頼んだというのです。

私たちは近くのベンチに腰掛け、それから二十分ばかり話をしました。ミロが万博のために描いた壁画の話からピカソやモンドリアンの話になり、しまいには瑛九《えいきゅう》のことまで話していました。それなりに真剣に話していながら、その実、私たちは本当に語り合いたい事柄を周到に避けていたように思います。少なくとも私には、すでに語り尽くされた画家たちのこと以上に知りたいことがいくつもありました。例えば、いまの私が臼井さんの目にどう映っているのかということ。彼が昼休みにわざわざやって来たのはなぜかということ。どう考えても抽象絵画の話をしに来たとは思えなかったし、そうであれば何のためにやって来たのだろう? 想像を膨らませる材料はいくつもあったけれど、私は彼自身の口からその理由を聞きたかった。

彼は絵画のことに詳しい。結局、ミルクセーキ一杯分の会話で知り得たのはそれだけでした。近くのロープウェイの駅から大勢の人が吐き出され、急にあたりが混雑してきたので、私たちは再び歩き始めました。お祭り広場はとても混み合っていて、私が何か話すたびに臼井さんはいちいち身をかがめました。「身長は何センチですか」と訊くと、最後に計ったのは高校三年生の時で、その時は一七九センチだったと彼は答えました。耳を出す、新しい髪型にしようと決めたのはこの時でした。顔馴染《なじ》みになった難波《なんば》の美容師によれば、そうした方がうんと背が高く見えるというのです。でも、あまり短くしてはだめですよ、とその美容師は言っていました。こうしてせっかくお馴染みになれたのに、次に会うのが二ヵ月も先だったら困るから、と。ふいに美容師のそんな言葉を思い出し、ちょっぴりだけど胸が熱くなった。彼女ばかりではなく、大阪で出会う人たちは誰もが私に親切なのでした。

「そろそろ仕事に戻らないと」

広場を横切ったところでそう告げると、臼井さんは立ち止まり、万博開催記念の赤いマッチ棒で煙草に火をつけました。相変わらずの喧騒《けんそう》の中、細長い煙を吐き出しながら、彼は週末の予定を私に訊ねました。予定なんて何もなかったけれど、多少もったいをつけて、「週明けなら」と私は答えました。

「じゃあ週明けに。今度は一緒にビールでも飲もう」

臼井さんはそう言ったけれど、結果的に、これが万博会場で聞いた彼の最後の言葉になってしまった。

5

　ここ数日、これまでにあなたがくれた手紙を読み返していました。手紙の内容を反《はん》芻《すう》するためばかりではなく、あなたが書いた文字をもう一度この目に焼きつけておきたいと思ったのです。

　昨日の夜はルームメイトのノーマの顔が描かれている便箋《びんせん》を見て、思わず笑ってしまいました。イラストの顔がおかしかったのではなく、まるで別のことを思い出したのです。

　あなたが六歳になった秋、夫がある有名な小学校のパンフレットを持ち帰ってきました。職場の同僚に感化されたらしく、どうしてもあなたをその小学校に入れたいと言うのです。学校案内に目を通しただけで、私はすっかり嫌になってしまったけれど、「この子の将来のため」とまで言われては反対するわけにもいきませんでした。夫は問題集を買ってきたりして、それは必死でした。知っての通り、彼はどんなことにでも懸命に取り組む人なのです。

それからは受験の準備に追われることになりました。小学校受験専門の予備校に通い、親子三人で模擬面接というものまで受けました。ベテランの教官から「もっと笑顔を」とアドバイスされたせいか、その頃は普段から無意味に笑顔を浮かべていたような気がします。そういえば、夜中に帰ってきた夫に起こされて、パジャマ姿のままで面接の練習をさせられたこともありました。面接の練習だなんて、笑っちゃうでしょ。

それだけに、あなたが不合格になった時の夫の落胆ぶりは大変なものでした。もう結果は出てしまっているというのに、夫はペーパー試験の内容や面接でのやり取りについて、あなたに根掘り葉掘り訊《たず》ねました。彼は試験の結果にどうしても納得がいかなかったのです。

訊ねたわけでもないのに、その夜、あなたはベッドの中でもう一度試験の内容について私に話しました。そして、夫に話さなかったということを一つだけ付け加えました。試験官から「おかあさんの好きなもの」を描くようにと言われ、画用紙にウイスキーのボトルを何本も描いたというのです。あなたは話しながら半分ベソをかいていたけれど、私は笑わずにいられなかった。あの立派な小学校の教師たちが可愛《かわい》らしい酒瓶を見てどう思ったのか、想像しただけでおかしくて仕方がなかった。笑いすぎたせいか、そのうち涙まで出てきました。こんなふうにあなたは何度となく私を笑わせ、泣かせてきたのです。

　私はあなたに夢中だった。夢中にならずにいられなかった。あなたが生まれてきた時からずっと夢中だったけれど、こんなことがあるたびに、ますますあなたのことが好きになっていった。あの小学校を受験させてよかった。結果的に落ちてしまったけれど、それによって泣いたり笑ったりすることができたのだから。あなたと一緒なら、私は失敗さえも楽しむことができた。あなたのおかげで、そう、私は失敗を楽しめるほどに成長することができたのです。

　ノーマによろしく。彼女の勝気そうな笑顔は、私に色々なことを思い出させてくれました。


　二十二年前、私のルームメイトだった雨宮由紀さんは、ノーマとは正反対の温和な女性でした。華奢《きやしや》な身体《からだ》つきの控え目な優等生で、どんなに暑い日でも第一ボタンを外すことはなかったし、夜は決まって十二時前に床に就いていました。「視力が落ちるから」という理由でほとんどテレビを観《み》なかったから、彼女はかなり有名なタレントのことも知りませんでした。雨宮さんにとっては誰もが同じ日本人でしかなかったのです。そのことが周囲の人を戸惑わせたり、喜ばせたりしていました。例えば彼女は、加山雄三の名前は知っていても、彼が何をする人なのかまでは知らないのでした。まあ、それを知ったところでどうなるわけでもないのだけれど。

ガラス細工の動物を集めるのが雨宮さんの趣味でした。趣味というよりも、それは一種情熱に近いもので、さして広くない私たちの部屋には五十匹以上の動物が飾られていました。その一匹一匹に名前をつけていた彼女は、毎晩、ガラスでできた小さな動物たちを磨いていました。何十匹もの動物を並べたテーブルをはさんで、私たちは毎晩色々な話をしました。あの春、雨宮さんと一緒に神戸へ出かけたのも、三宮にガラス細工のいい店があるからと、どこからか彼女が聞いてきたからです。

四月下旬のよく晴れた朝、私たちは早起きをして神戸に向かいました。二人とも神戸は初めてでした。私は海と山が迫った、この細長い街がいっぺんで気に入りました。買い物を済ませると、せっかく来たのだから観光しようということになり、異人館などを見て回っているうちに午後になりました。

南京《ナンキン》町で老酒《ラオチユウ》を飲みながら遅い食事を済ませると、何だか無性に海が見たくなった。中国人の店主は、それなら須磨《すま》の海岸がいいと言いました。彼はそこを「西の湘南《しようなん》」と表現したけれど、私に言わせればそれ以上の場所でした。電車がトンネルを抜け、目の前にきらきら光る海が見えると、それだけでもう心が浮き立ちました。

「私は浜で育ったのよ」

沼津の出身で、ミス静岡から万博のホステスになった雨宮さんは、貝殻を拾いながら三保の松原の美しさについて語り、ジャン・コクトーの有名な詩を口ずさみました。

浜辺でよちよち歩きの子供を連れた家族がバーベキューをしていました。退屈した子供が波打ち際《ぎわ》まで走ると、雨宮さんは心配して彼のあとを追い、母親がやってくるまで注意深くその子を見守っていました。

この海岸で、小学校に入ったばかりの女の子と知り合いになりました。毎日のように浜辺で遊んでいるという彼女は、大阪からわざわざ海を見に来た女たちのことがどうしても理解できない様子でした。雨宮さんが買ったばかりのガラスの羊をプレゼントすると、女の子は大喜びし、街道の方を指差して私たちを家に誘いました。安っぽいイルミネーションで飾られた海岸近くのレストランが彼女の家なのでした。

中途半端《はんぱ》な時間だったせいか、レストランには一人の客もなく、初老の男性がポータブルのプレーヤーで古い歌謡曲を聴いていました。女の子が私たちのことを「おともだち」と紹介すると、彼は何も言わずにコーラを持ってきました。その男性はすぐに店の奥に入ってしまい、ずいぶん長いこと戻りませんでした。どうしたのかしらと話しながらコーラを飲んでいると、彼が一枚のレコードを手に戻ってきました。

「息子がよく聴いていたレコードです。若い人向きのはこれしかない」

そう言いながら、彼は年代物のプレーヤーにレコードをセットしました。流れてきたのはモンキーズのヒット曲でした。彼の息子はかなり聴き込んだらしく、途中で針が飛び、曲はすぐに終わってしまいました。雨宮さんと二人で笑いを嚙《か》み殺していると、女の子が「どうしたの？」と訊ねてきました。何でもないのよ。そう答えながら、私たちは堪《こら》えきれずに声をあげて笑いました。

窓からは夕方の海が見え、しばらくすると玄関先に赤や青の小さな電球がいくつも点《とも》りました。店主は翳《かげ》り始めた海上の空を眺め、「明日は雨になる」と言いました。

赤ワインに仔羊肉《こひつじ》の夕食を済ませ、くつろいだ気分で窓の外を眺めていると、再びモンキーズがかかりました。レコード針の上に五円玉を載せたとかで、今度は針が飛ぶことはありませんでした。モンキーズ——何とまあ愚かしく、滑稽《こっけい》で、哀《かな》しくもまた素敵なバンドだったことか。そしてまた、何と心安らぐ夕べだったことだろう。暗くなるにつれて、窓辺のイルミネーションさえも何かロマンティックなものに見え出したほどです。

「今日はうちに泊まっていけばいいのに」

雨宮さんの隣に座った女の子は、そんなことを言いながら、いつまでもガラスの羊をいじっていました。神戸に泊まる。考えもしなかったけれど、それはいいアイデアに思えました。

「今日は神戸に泊まろう。明日の朝、また早起きすればいいんだし」

思いつきを口にすると、雨宮さんは嬉《うれ》しそうに頷《うなず》き、「今夜のことは、きっとよい思い出になるわね」と言いました。さっそく店の電話を借りてホテルに予約を入れ、寮には私よりも信用がある雨宮さんが電話をしました。女の子が横で寝息を立て始めると、雨宮さんはメモ用紙に何かを書き、二つ折りにしてテーブルの上に置きました。

三宮に戻った時には、あたりはすっかり暗くなっていました。はしゃいだ気分のまま、ホテルに向かって歩いていると、大きな宝石店が店仕舞いを始めたところでした。その店で素敵な真珠のイヤリングを見つけてしまい、私はどうしてもそれが欲しくなった。雨宮さんに話すと、彼女も同じものを欲しがった。

突然現れた二人の上客に、従業員が目を白黒させているのがおかしかった。あと払いで構わないかと訊ねると、蝶《ちょう》ネクタイをした店長がやってきて、三秒間ほど私たちを観察しました。でも、それだけでした。かなり高価な真珠でしたが、それを耳につけた時のことを思えば値段など問題にはならなかったし、雨宮さんも特にそれを気にしていうふうでもありませんでした。他にお金を使う機会もなかったし、重労働の対価として、私たちはOL時代の何倍もの給料を受け取っていたのです。

私たちはオリエンタルホテルにチェックインしました。早速、買ったばかりのイヤリングをつけ、何度も鏡を覗《のぞ》き込んでからホテルのバーへ行きました。耳たぶが普段よりずっと重い感じがして、それが何だか嬉しかった。バスルームで長い髪を束ねた雨宮さんも、ちょっぴり大人っぽく見えたし、いつになく得意そうでした。

私たちは上機嫌でカウンターにガラスの動物を並べました。雨宮さんは身をかがめ、同じ目線で何度も動物たちを眺めていました。その中にはユニコーンとマレーバクがいて、それがこの日の収穫なのでした。隣に座った男性が関西弁で話しかけてきたのを憶《おぼ》えている。私が英語で答えると彼は当惑して席を立ちました。私たちはくすくすと笑い、何度も乾杯をしました。振り返ってみると、この日は私が娘らしい時間を過ごした最後の日だったように思います。

十一時にバーが閉まっても何だか飲み足りなくて、私たちは部屋に戻ってビールを飲みました。話題は自然と共通の知人たちのことに及び、何人もの噂話《うわさばなし》に花が咲きました。雨宮さんはこの手の話題には疎《うと》い人でしたが、それでも一つだけ私の知らないことを話しました。

「フランス館の鳴海《なるみ》さんて方、ご存じ？」

彼女がそう切り出したのは十二時を回り、ベッドに入った頃でした。

「ええ。背が高くて、とても綺麗《きれい》な人よね」

「素敵よね、あの方」

外交官の娘としてフランス語圏で生まれ育った鳴海祐子《ゆうこ》さんは、大柄で目鼻立ちのはっきりとした女性でした。パリ大学の文学部、すなわちソルボンヌの卒業生である彼女は、「フランス語で夢を見る」と言われていた才色兼備の女性で、万博終了後は大使館への就職が決まっているということでした。

「鳴海さんがどうかしたの？」

私はベッドの中から雨宮さんに訊ねました。

「別にどうもしないけれど、あの方、臼井さんとお付き合いされているのよ。それはご存じだった？」

「臼井さんと？」

「そうなんですって。臼井さんと鳴海さんなら、お似合いよね」

「その話、誰から聞いたの？」

「ついこの前、鳴海さんが他の方に話しているのを偶然に聞いたのよ。臼井さんの車で一緒に京都へ出かけたんですって」

「へえ、そうなの」

「鳴海さん、とても嬉しそうだった」

私はベッドサイドの照明を落とし、「お休みなさい」と雨宮さんに声をかけました。

「お休みなさい。今日は楽しかったわね」

「ええ、本当に」

「直美さん」

「何？」

「私、直美さんとお近づきになれて本当によかったと思っているの。だって、直美さんはすごい人なんだもの。大阪に来て、ずいぶん多くの方と知り合いになれたけれど、私は直美さんを一番のお友だちだと思っているの。これからも私のことを助けてね」

「ありがとう、そんなふうに言ってくれて。私も海岸を歩きながら、ずっと同じことを考えていたのよ」

「本当？　そうなら嬉しいわ」

「本当よ」

「直美さん、立ち入ったことかもしれないけれど、一つだけ聞いてもいいかしら」

「もちろんよ、何でも聞いて頂戴《ちょうだい》」

「時々、寮に電話をかけてくる方がいらっしゃるけれど、どなたなの？」

それは許婚《いいなずけ》のことでした。雨宮さんは、私が不在の時にかかってきた電話を何度か受けたことがあったのです。

「あれは親戚《しんせき》の人よ。今度、万博を見に来たいって言うの」

「そうだったの」

彼女は特に疑う様子もなく頷きました。

「直美さん、万博が終わっても、ずっと私のお友だちでいてね」

「もちろんよ」

私はもう、そう答えるだけで精一杯でした。

「まあ、直美さん、どうして泣いたりするの」

雨宮さんは驚いて起き出し、ベッドサイドに跪《ひざまず》いて心配そうに私の顔を覗き込みました。

「何でもないの。ただお友だちだと言ってもらって、私は本当に嬉しかったのよ」

いつまでも泣きやまない私を見て、しばらくすると雨宮さんまでが一緒になって泣き出しました。人を疑うことを知らない彼女は、哀しくなるほどに心優しい人なのでした。

「一人で悩んだりしないで、これからはどんなことでも話し合いましょうね」

雨宮さんはそう言ってくれたけれど、結局、私は最後まで彼女に本心を打ち明けようとはしませんでした。二十三歳の私は友の名に値しない女でした。他の人から見れば、私たちは仲のいい友人同士に見えたかもしれません。でも私は、雨宮さんのことをどこか軽んじていたのです。

「もう一時よ」胸の内を明かす代わりに、私は彼女にそう告げました。

「そうね、もう遅いわね。今日は楽しかった。カメラを持ってくればよかった」

「本当ね」

私たちは優しい言葉をかけ合い、どちらが先に結婚することになっても、その時は真っ先に伝えることにしようと約束しました。どちらかが花嫁になったら、もう一方が介添え役を務めることにしましょう、と。それがきっかけになって、得意な料理は何かという話になり、アップルパイの作り方などという面白くもない話をしてからスタンドの灯りを消しました。

葛飾北斎《かつしかほくさい》の「富嶽《ふがく》三十六景」に、高くうねる波と富士山が描かれた有名な作品があります。大阪万博のパビリオンの中で、デザイン的にもっとも優れているとされたオーストラリア館は、この浮世絵を模して造られたものです。ユニークなスタイルのガスパビリオンや、一番の人気を誇ったソ連館とともに、オーストラリア館はあのイベントを象徴する建築物の一つだったと言えるでしょう。

家族連れで万博にやって来た都議会議員のエスコート役を務めたのは、受け取った礼状の消印から逆算して、五月半ばのことだったと思います。英国館や香港《ホンコン》館の前で一緒に撮影した写真が残っているから、あちこちのパビリオンに案内したはずなのに、いま思い出せるのはオーストラリア館に行った時のことだけです。

いつものことながら、館内はかなりの賑《にぎ》わいでした。円盤状の待合室は映写ホールになっていて、何面もある巨大なスクリーンにはコアラやカンガルーの姿が映し出されていました。孫娘はコアラを見て喜び、都議の方はあくびをかみ殺していました。彼らは大阪に宿が取れず、奈良のホテルから来ていたのです。

展示物を見る前か、それとも見終えた後だったのか、いまとなっては確かな記憶もないのだけれど、都議の家族と館内のエスカレーターに乗っていた時、前の方に臼井さんがいることに気づきました。隣には背の高い女性がいました。ウエーブしながら肩にかかる髪を見ただけで、すぐに鳴海さんだとわかりました。この日は非番らしく、彼女はアイボリーのワンピースを着ていました。

見たところ、鳴海さんはひそひそ話が好きなようでした。時々、臼井さんの方に身を寄せ、何事か耳打ちしてはくすくすと笑うのです。彼の方は黙ったままで頷いたり、首をかしげたりしていました。この時が最初で、それから私は二人が一緒にいるところを何度も目にするようになりました。協会本部の廊下やフランス館近くの路上、動く歩道の上ですれ違ったこともありました。

鳴海さんは、それまでに私が見知っていたどんな女性とも違っていました。私たちとはまるで違う育ち方をしてきた人だから、それも当然だったのかもしれません。彼女は人目を引く女性でした。身長や容貌《ようぼう》、洋服のセンスなど、色々な点で目立つ存在でした。際立《きわだ》っていた、そう言ってもいいでしょう。

ある雑誌に載ったプロフィールによれば、鳴海祐子さんは身長一六八センチ。ブリュッセル郊外の生まれで、祖父は著名なシンクタンクの総裁ということでした。学生時代は『ル・モンド』でアルバイトをしていたらしく、雑誌にはその当時の写真も添えられていました。秀《ひい》でた額と意志的な黒い瞳《ひとみ》が印象的な女性で、フランス人のホステスたちの間に混じっても少しも見劣りすることはありませんでした。美人という言葉はあまりにも安易に使われ過ぎているけれど、鳴海さんを見て美人ではないと言う人もいなかったでしょう。こうした女性の常として、二十四歳という実年齢よりも年上に見えたけれど、あら捜しをしようにも彼女はなかなか欠点を見つけにくい人なのでした。その上、鳴海さんは男性を虜《とりこ》にするコツも心得ているようでした。特に難しいことではありません。手が届きそうで届かない場所に身を置く。彼女のような女性にはそうするだけで十分なのです。

豊かな髪をなびかせ、快活な笑みをみせる鳴海さんは、一見したところ翳《かげ》りのない朗らかな人でした。でも私は、彼女には別の面があることを知っていました。といって親しく口をきいたことがあるわけでもないのだけれど、忙しく動く彼女の瞳は、その温和な外見とは違う様々なことを語っていたのです。にこやかに笑っていながら、その実、鳴海さんは心のどこかで他の人のことを軽蔑《けいべつ》しているようでした。周囲へ配る彼女の眼差《まなざ》しから、この女性が何らかの苛立《いらだ》ちを抑えていることは容易に察せられました。それが彼女の知性によるものか、旧大陸で少女時代を過ごしたことに起因するのか、私には知る由《よし》もなかったけれど、それでも一つだけ確かだと思えることがありました。鳴海さんは、この私によく似ていたのです。仮に男同士だったら、周囲への共通の軽蔑が私たちを近づけていたかもしれません。しかしながら女同士ではそうもいかないのです。生まれて初めて自分とよく似た女性に出会って、私が感じたのは嫌悪《けんお》と反発だけでした。

語学の勉強を口実に、鳴海さんは時折、協会本部に顔を見せていました。その際、フランス語で臼井さんに何事か話しかけているのも耳にしました。もちろん、彼女はソルボンヌ仕込みのフランス語に磨きをかけたかっただけなのかもしれません。でも、そんなふうに考えていたのは雨宮さんくらいのものでしょう。

しばらくすると誰もが彼女の相手は臼井さんだと見なすようになり、二人に関する様々な噂が聞こえてきました。中には噂という以上に具体的な話もありました。臼井さんが外交官試験を受けるために近々上京するというのです。それも鳴海さんの父親の推薦を受けて。

「臼井くんが通らなければ、日本には外交官なんか一人もいなくなる」

ちょうどその頃、中央官庁から来ていた人たちが、そんな話をして頷き合っている場に居合わせました。彼ら役人たちは、優秀な人間はすべて霞《かすみ》が関《せき》で働くものと考えていたのです。司法試験よりも難関とされていた外交官試験ですが、臼井さんは外交史や国際法にも明るいという話でした。万博終了後、彼は外務省に入る。事の真偽を確かめたわけでもないのだけれど、それはいかにもありそうな話だったし、その後、似たような噂を人伝《ひとづて》に聞いて、私はほとんど生まれて初めての敗北感を味わうことになりました。

臼井さんは間違った選択をした。よりによって一番選んではいけない人を選んだ。結局、人を見る目がない人なのだし、そんな人と付き合っても始まらない――そう自分に言い聞かせてみたものの、周囲から漏れ伝わってくる話を耳にするたびに、私は苛立ち、心はひどく波立ってしまうのでした。でも、臼井さんは本当に鳴海さんと付き合っていたのだろうか？　彼女のことが好きだったのだろうか？　私には分からなかったし、それはいまも分からないままです。


それからは思い出すのも嫌になるような日々が続きました。

一人きりで部屋にいるのは気づまりだったから、非番の日には街中へ出かけました。大阪駅から環状線に乗り、適当な駅で下車しては目的もなく歩き続けるのです。どうせなら大阪中の道を歩いてやろう。そう思いながら、私はあてもなく歩き続けました。何の用事があるわけでもなく、どこへ行くのもいわば気分の問題だったから、退屈しのぎに街灯や自販機の数を数え、それに飽きたら角を曲がり、また歩き始めるのです。あんな博覧会なんか、さっさと終わってしまえばいいなどと思いながら。小さな町工場や名もないような商店街、どこまでも続くマンホール――大阪城でも通天閣でもなく、それが私にとっての大阪でした。炎天下にアスファルトが溶け出し、新しいパンプスを買いに入った靴屋で、その日初めて他人と言葉を交わしたことに気づいたこともありました。目にするのはどれも冴《さ》えない光景ばかりだったけれども、知らない街を歩き回っている間は、それでも少しばかりは気が紛れるのでした。

「お客さん、女一人であんなところを歩くもんやないで」

ある時、私はタクシーの運転手にそう注意されました。この人は恐らく親切心から言ってくれたのだろうけれど、私はむしろ「あんなところ」という言い方に興味をそそられました。私の知る限り、行ってはいけない場所など、この日本には存在しないはずだったからです。

他に一人歩きしてはいけない場所はどこかと訊《たず》ねると、年配の運転手は「東京から来た人やね」と念を押した上でいくつかの地名を挙げました。そこにどんな人間たちがいて、どんなふうに危険なのか。めったなことは言えないとしながらも、それについて話す時の彼はむしろ楽しそうに見えました。

「あちこちに色んなのがようけおる。何しろ大阪は日本一の国際都市や。万国博覧会も開かれるわけや」

何がおかしいのか、そう言うと彼はくっくと笑いました。

私は運転手が口にした地名を手帳に記し、最寄りの駅名を訊ね、次にはそこへ出かけてみました。とはいえ、そこへ行ってみたところで何もありはしないのです。そんな場所にも商店が軒を連ね、挨拶《あいさつ》を交わす人々がいて、他のどんな場所とも変わらない日常があるだけなのです。それでも何かあるだろうと期待して路角を巡り歩き、特に知りたくもないのに道を訊ね、喫茶店に入ってコーヒーを注文しました。しかし、やはり何もありはしないのです。敢《あ》えて言えば、そこにあったのは子供の頃に見た東京の下町の光景でした。

私はいま、ある町で入った一軒の食堂のことを思い出す。一人きりで食堂に入ったのはこの時が初めてでした。若い頃の私には両親に刷り込まれたタブーがいくつもあって、町中の食堂に入ってはいけないというのもその一つでした。だから、一度はその食堂の前を通り過ぎたものの、店の佇《たたず》まいがどうにも気になって引き返し、恐るおそる中に入ってみたのです。

それは戦前からあるような古ぼけた食堂で、建てつけの悪いガラス戸を開けると、薄暗い厨房《ちゅうぼう》から五十歳前後の痩《や》せた男性が出てきました。「ビールを」と言うと、油の染《し》み込んだ前掛けをした彼は黙ったままで頷《うなず》きました。場違いな客である私を、怪訝《けげん》そうな、それでいて少し困ったような目で眺めながら。

昼時だというのに、店には一人の客もいませんでした。カウンターの横にテーブルが三つ並べられ、奥には三畳ほどの小さな座敷がありました。ビールを飲みながら私はそれとなく店の中を観察しました。ぐらぐらするテーブルの上には何ヵ月も前の雑誌が置かれ、壁にぶら下がったカレンダーも四月のままでした。せっかく入ったのだから他にも何か注文しようと思ったけれど、どうもビールだけにしておくのが無難なようでした。厨房の中で腕組みをしていた店の主人は、見開きのメニューを眺めている私に時折ちらっと視線をくれました。追加の注文を待っているのか、それとも目障《めざわ》りな客が帰るのを待っているだけなのか——私には分からなかったし、彼の虚《うつ》ろな視線も何も語ってはいませんでした。

勘定を済ませて店を出ようとした時、店の主人が初めて口を開きました。彼は傘を持っているのかと私に訊ねたのです。それまで気がつかずにいたけれど、ガラス戸を開けて片手を差し出すと、掌《てのひら》に細かい雫《しずく》がかかりました。

「このくらいの雨なら平気です。バス停の場所を教えてください」

「バス停って、あんた、どこに行くの？」

「千里ですけれど、とりあえずバスに乗って最寄りの駅に行きます」

「これ、使って」

釣銭と一緒に、彼はレジの横にあった折畳式の赤い傘を私に差し出しました。一度も使っていないらしく、柄の部分には値札がついていました。

「では、傘の代金を払います」

「いや、いい。弟が傘屋なんや。ちょっと待ってて」

そう言うと、彼は広告チラシの裏に駅までの道順を描き、念のためにと店の電話番号まで書き加えました。その上で、「若い娘は一人歩きするもんやない」と、あのタクシー運転手と同じ台詞《せりふ》まで口にしたのです。

真新しい傘を差して店を出ると、私は再び歩き始めました。この日はいつもよりずっと長い道のりを歩いたように思います。好奇心だけでこの町を訪ねてきた自分を恥じながら、思わぬ親切に泣き出したいような気持ちで。

あの春、臼井さんのことを思いながら、一体何十キロの道を歩いたことだろう。二十三歳だった私は、見知らぬ街路をたった一人でどこまでも歩き、帰りの電車の中で涙をこぼしたりしていたのです。そんな日は梅田の映画館に入り、暗がりの中で涙を乾かしました。私は周囲の誰にも自分の変化を気取られたくなかったのです。

身を裂かれるほど臼井さんに焦《こ》がれていたくせに、実際に彼に会うと、私はけして自分の思いを悟られないようにと努めました。大して難しいことではありません。不自然にならない程度に無関心を装《よそお》い、別の何かに心を奪われているように見せかけるのです。真面目《まじめ》な女ほどこうした芝居が下手なものですが、私の演技は堂に入ったものので、やがてクールな女だという評判さえとるようになりました。クール——男ならいざ知らず、あの時代の女にとって、これ以上批判的な評価もなかったでしょう。

冒険の最後は、いつも御堂筋でした。道頓堀界隈《かいわい》を歩いて一人で食事ができそうな店を探すこともあれば、難波から心斎橋、本町、淀屋橋あたりまで、地下鉄の駅を数えながら歩くこともありました。

私は何てちっぽけなんだろう。夕暮れ時の御堂筋で、大勢の人が輪になって行くのを遠い気持ちで見やりながら、私はこの世に占めている自分という人間の小ささに驚き、それも仕方のないことかもしれない、と半ば諦《あきら》めかけている自分自身にもう一度驚くのです。生活を変えたい、そう願いながらも人前では意味もなく笑い、時にははしゃいだりもしてみせ、一日の終わりにはすっかり疲れきっていた私でした。

6

鳴海さんが突然東京へ帰ると言い出したのは、大阪に梅雨入りが宣言された頃のことでした。

彼女はホステスの中でもとりわけ期待されていた一人だったから、すぐにも事情聴取のようなことが始まり、何度も呼び出されて慰留を受けることになりました。午前中から持ち場を離れ、年嵩《としかさ》のホステスと話し込んでいる姿が見られたくらいだから、かなりの慰留があったはずです。

ベルギーにいる恋人と婚約したのだとか、フランス館の人に見初められたのだとか、またしても様々な噂《うわさ》がひとり歩きしていましたが、鳴海さんの打ち沈んだ様子を見て、私にはそれが根も葉もない類《たぐい》の話だと分かりました。彼女は単に悩んでいただけでなく、ひどく取り乱してもいたのです。

ちょうどその頃、年配の男性と一緒に会場内を歩いている彼女を見かけました。いかにも気難しげな表情を浮かべたその男性は、人込みを見渡してあからさまに顔をしかめ、ハンカチでしきりに汗を拭《ふ》いていました。言葉のやり取りから、すぐに二人が父娘《おやこ》だと分かりました。鳴海さんの父親は、この上もなく不機嫌な様子でした。ワイシャツ一枚でもいいような陽気なのに、彼はけして上着を脱ごうとせず、時折、上目遣いに上空を睨《にら》みつけていました。この時ほど鳴海さんが打ちしおれていたことはなく、話しかけられても俯《うつむ》いたままで小さく頷くだけでした。

周囲の説得が功を奏したのか、しばらくすると鳴海さんは仕事に戻りましたが、彼女の変化は傍目にも明らかでした。以前のどこかはしゃいだような態度はなりを潜め、妙にさばさばとした物腰がそれにとって代わりました。少し痩せたせいか、ますます背が高く見えるようになり、ストレートパーマをかけた髪も幾分短くなったようでした。一番の変化は、彼女と臼井さんが一緒のところを目にしなくなったことです。鳴海さんの身に何が起きたのか、私には知る由《よし》もなかったけれど、二人の間に何かがあったのは確かでした。

それにしても、臼井さんはどこにいるのだろう？　少し前から駐車場に彼のベレットがないことに気づいていた私は、思いきって協会本部で働く実松《さねまつ》さんに話を聞いてみることにしました。実松さんは大阪府から協会本部に出向していた三十歳くらいの女性で、大阪府が雇う作業員やアルバイトの募集が主な仕事でした。実松さんが臼井さんと親しげに話している姿を何度か目にしていた私は、学生アルバイトの仲介を口実に彼女を昼食に誘いました。

実松さんはすぐに誘いに乗ってきました。アルバイト学生の中に過激派が紛れ込んでいることもあるらしく、彼女は「真面目な学生」を探すのに苦労をしていたのです。水曜広場の「アポロランチ」にしようかとか、サントリー・レストランの「エキスポランチ」はどうかとか、あれこれとマイナーな提案をする実松さんを押し切って、私はブルガリア館のレストランに彼女を誘いました。

月曜日の昼下がりだというのにレストランは満席で、二十人ほどの行列ができていました。

「この頃、辞めていく人が多いですね」

テーブルが空くのを待ちながらそう切り出すと、実松さんは両手の指を折りながら、もう十人以上のホステスが辞めていったと言いました。この調子ではまだまだ辞めていく人が出る。ホステスの補充はしない方針だから、仕事は前よりもずっときつくなると思う。彼女はそんな話をしました。私は頷き、協会本部の何人かのことを話題にした後、さりげなく臼井さんのことに触れました。すると実松さんは、「彼も辞めること、あらへんかったのにね」と言ったのです。

臼井さんが仕事を辞めたというのは初耳でした。それだけでもショックだったのに、彼女はさらに驚くような話をしました。六月の半ばに、彼が交通事故にあったというのです。怪我《けが》でもしたのかと訊《たず》ねると、実松さんは「多分、してへんと思う」と答えました。多分、というのはおかしな言い方でした。私が怪訝な顔をしていると、実松さんは「何も聞いてへんの？」と言いました。

「臼井くんの車には鳴海さんも乗っていたんよ。助手席に乗っていたのに、彼女、ぴんぴんしてるやないの」

実松さんによれば、それは事故とも呼べないような事故で、四条河原町の交差点で信号待ちをしていたベレットに軽トラックが軽く追突したに過ぎないということでした。

「つまり、何でもなかったわけですね」

「そう、何でもないの。けど、彼はそれで辞めたのよ」

「追突されて、どうして辞めなければならないの？」

「よう分からんけど、本部の説明だと、事故を起こした責任を取ってということになってるわ」

「そんなの、理由にならないわ」

「本当よね。臼井くんがいなくなって、私も困っているのよ。彼はいいアルバイトを何人も紹介してくれたんやから」

おかしな話でした。事故があったのが事実だとしても、非は先方にあるのだし怪我人もいない。それなのに、臼井さんは責任を取って辞めたというのです。実松さんの話にはどうも抜け落ちている部分があるようでした。彼女の話は、鳴海さんの普通ではない取り乱し方の説明にはなっていなかったのです。

テーブルが空いたのは二十分も立ち話をした後でした。食事が運ばれてくるまでに、私はさらにいくつかのことを知りました。実松さんは京都の出身で、臼井さんが借りているアパートは彼女の実家のすぐ近くだということでした。二人は近所でよく顔を合わせていたし、万博の仕事を臼井さんに紹介したのも彼女だったのです。食事をしながら、それとなく実家の場所を訊ねると、下鴨《しもがも》中学の近くで薬局を営んでいると言いました。

「下鴨中学？　それは有名な中学校なのですか」

私の問いに、実松さんは声をあげて笑い、「あなた、修学旅行でしか京都に行ったことがないくちね」と言いました。

「いいわ、うちが解説してあげる。いくらなんでも京都御所は知ってはるわよね。御所の東に漢字二文字の鴨川が流れているの。漢字三文字の賀茂川が高野川《たかの》と合流して二文字になるんやけど、二つの川が合流する三角地帯が下鴨なんよ。葵祭《あおい》で有名な下鴨神社のすぐ横が下鴨中学で、私はそこの卒業生なの」

「実松さん、ありがとう。いまの説明でよく分かったけれど、でも、さっきはどうして笑ったりしたの？」

「だって、あなたが有名な中学かなんて訊《き》くんやもの」

そう言うと、彼女は紙ナプキンにボールペンで簡単な地図を描きました。

「下鴨から京大までは歩いても行けるの。すぐ近くにいい大学があるのに、何でわざわざ遠くまで行くんかって嫌味言われるんが、うちら下鴨中学の卒業生一同の悩みやったんよ」

実松さんは絵を描くのが上手でした。神社の鳥居を巧みに描き、中学の校舎を描き入れると、点線を引いて京都大学までの道のりを記しました。実家の場所を訊ねると、彼女は地図の中に印をつけました。

「これ、戴《いただ》いてもいいかしら」

「もちろんよ。けど、そんなもん、どうするの？」

「今度、京都に行ってみようと思って」

実松さんがかなりの酒豪だと聞いていた私は、紙ナプキンに描かれた地図を眺めながら、ブルガリア産の白ワインを二杯注文しました。

「あら、いいの？　まだ陽は高いのよ」

「駄目なのかしら？　私、毎日飲んでいるのよ。ワインなんか水みたいなもんよ。何だったらボトルにします？」

実松さんは不思議そうな目で私を見つめると、急にニヤニヤしました。とたんに私は真っ赤になった。

「臼井くんの部屋は、うちの実家から高野川の方へ向かう途中にあるの。このへんよ」

実松さんは地図の中にもう一つ大きな印をつけると、彼によろしくね、と言いました。

7

　ゆうべ、太陽はいまから五十億年後に寿命がつきるという話をラジオで聴きました。対談形式の番組で、ある放送作家がそんなことを話していたのです。太陽が膨張を始めれば必然的に地球は飲み込まれ、すべてはご破算になってしまう。だからあくせくしても始まらない。結論はそのようなものでした。でも、そんなに太陽が長持ちするのなら、それまでに人類はきっと生き延びるための方策を考えるはずだと、名前を聞きそびれたもう一人が言ったところでニュースが入りました。特に注意をして聴いていたわけではないから、ひょっとしたら太陽が消滅するのは五億年後だったかもしれない。いずれにしても、五日後に死ぬかもしれない私にとっては大した違いでもないのだけれど。

　PKO法案に関連して連合が自衛隊の存在を容認したという、ニュースとも言えないニュースを聴きながら、私は夫が持ち帰るダンボールに下着やタオルを入れ、その中にラジオも一緒に入れました。こうした話に煩《わずら》わされるのはもうごめんだと思ったのです。

入院してから私は新聞も読まなくなりました。夫が置いていく新聞にたまに目を通すことはあっても、そこに書かれてあることに興味を持つことはほとんどありません。ひと頃は英字紙を含めて四紙も購読していたというのに、えらい変わりようです。といって、別に不都合があるわけでもないのです。新聞に書かれているのは、どれも以前に読んだようなことばかりだから。相変わらずマスコミで働きたがる人は多いようだけれど、やめておきなさい、と私は言いたい。マスコミの仕事は繰り返しなのです。どうせするなら、もっと新しいことをした方が楽しいに決まっているではないですか。

新聞を読まないのは私ばかりではありません。新聞は明日も生きようとする人のための読物だから、がんセンターのような病院ではさほど人気がないのです。その日の空模様や病院食の献立など、入院患者は様々なことを気にかけているものですが、本当の闘病生活はそうしたこと一切が気にならなくなった時に始まる。それが癌《がん》病棟の患者としての実感です。現実には重病の患者ほど切実に情報を求めているのだけれど、病院では重要な情報は他の患者からもたらされることが多いのです。

病状が悪化して傍目にも生気をなくした患者は、他の患者への悪影響を避けるために別の病室へ移される——そんな話を聞かされたのは入院してひと月ほどたった頃でした。その病室には医者に見切りをつけられた患者たちが集められ、順番に死を待つことになるというのです。

「成田市の病院では業務用エレベーターのすぐ近くにその病室があったの。人目に触れさせずに地下の安置室へ運ぶためだという話だったわ」

そう教えてくれたのは隣の病室の藤崎さんです。国際線のスチュワーデスをしていた彼女は第Ⅲ期の胃癌で、今回が二度目の入院です。

年が近いせいもあって、私たちは顔を合わせるたびに色々な話をします。あなたのことを話すと、子供のない藤崎さんはしきりに羨《うらや》ましがり、「退院したら一緒にニューヨークへ行って、三人で食事をしましょう」と言います。そして、「ホテルは知り合いがいるエセックス・ハウスにしようか、それともウォルドルフ＝アストリアがいいかしら」などと迷ってみせるのです。きっと、それは彼女一流の励ましなのです。

藤崎さんの話を聞いてから、私は巡回に来る医者や看護婦の眼差《まなざ》しを恐れるようになりました。病室を移すにしても、彼らは何がしかの口実を用意してくるだろうから、こちらとしても断る理由を準備しておかなければならない。そんなことを考えながら医師たちの表情を観察し、口調の変化や、言葉の背後にある意味を読み取ろうとするのです。彼らの様子が昨日とは違っているように思えて、時に不安に駆られることもないではありません。でも、こんなふうに頭が働くのだから私はまだまだ大丈夫なのだ――そう自分に言い聞かせながらも、新しい担当医や看護婦と顔を合わせるたびに、私はつい彼らの顔を覗《のぞ》き込んでしまうのです。それは決定的な言葉を聞きたくないからでも、ただ漫然と生き延びたいからでもなく、どうしてもこの手紙を中途で終わらせたくないからです。

新聞もラジオもない部屋で、私が目にするのはあなたからもらった手紙と古いアルバムだけです。アルバムには写真の他に、大阪の寮から持ちかえった様々なものがファイルされています。万博の入場券や会場内の地図、迷子になった子供の胸につけるカード、エキスポランドの入場券、エスコートした議員から届いた礼状、雨宮さんと取り交わした何枚かのメモと、彼女から届いた結婚式の招待状。……一見意味がないように見えるこうした品々は、様々な記憶を呼び戻す手がかりになってくれたのですが、中に一枚、どうしても平常心では見られない写真があります。

写真の中の彼女と私は、京都市内の路上に立って他愛《たわい》もなく微笑《ほほえ》んでいます。人間の記憶というのは曖昧《あいまい》なもので、長い間、私はそこを四条河原町の交差点だとばかり思い込んでいました。ほとんど二十年ぶりに写真を見てみると、そこは河原町御池《おいけ》の交差点のようです。ではこの日、私たちは何の用で河原町御池に出かけたりしたのだろう？　そんなことを考えているうちに、またしても様々なことが思い出され、息苦しくなってしまうのです。

あの夏、私たちは親友といっていい間柄でした。過去形で語るのはもちろん理由があってのことですが、私は彼女のことが好きだったし、彼女の方もそうだった、と思います。少なくとも、私としてはそう思いたいのです。

初めて彼女に会ったのは七月四日。この日付に間違いはないはずです。その夜、私たちはドイツの国歌を聴きながら、今日がアメリカの独立記念日だという話をしたのだから。

二十二年前の七月四日、早番の勤務だった私は三時頃に仕事を終えて寮に戻り、雨宮さんに書き置きをしました。用向きは書かず、「遅くなりそうなので、電話があったらよろしく」とだけメモをして部屋を出ました。この日は土曜日で、いつものように夜の九時前後に許婚《いいなずけ》から電話がかかってくることになっていたのです。

阪急電車を乗り継いで、京都に着いたのは五時半頃でした。この街を訪れたのは修学旅行の時以来でしたが、何よりも人が多いことに驚かされました。終点の河原町界隈《かいわい》はたいそうな人出で、不快指数もかなりのものでした。

繁華街の書店でもう一度下鴨の位置を確かめてから、川端通に出て鴨川沿いに北へ歩きました。ずいぶん遠くまで来てしまった。それがこの時の思いでした。以前は知らない街を歩くだけで気分が浮き立ったものだけれど、そんな感覚はどこかへ消し飛んでしまっていました。不安と疲弊を二つながらに感じ、押し潰《つぶ》されそうな思いで私は梅雨空の京都を歩き続けました。

二十分ばかり歩いたところで、実松さんが話していた三角地帯にぶつかりました。下鴨神社を左手に見てなおしばらく進むと、最初の目印である駐車場がありました。「実松薬局」は、その駐車場を右折した先にある小さな薬局でした。

私はそこからさらに二十メートルほど高野川の方へ歩きました。何本目かの角に惣《そう》菜《ざい》などを扱う昔ながらの商店があって、臼井さんはその二階に住んでいるということでした。そのあたりは静かな住宅街で、商店があればすぐに分かるはずなのに、途中で何度も地図を見直さなければなりませんでした。やがて辿《たど》り着いたのは想像していたよりも大きな店で、惣菜の他に駄菓子や酒類なども扱っていました。外階段の手前にある郵便受けを見て、上の階に三世帯が入居していることが分かりました。郵便受けに記名のない二階の一番奥、そこが彼の部屋のようでした。

この上に臼井さんがいる。そうと分かってもなかなか階段を上がる決心がつかず、しばらくあたりを行きつ戻りつしました。気持ちを落ち着かせるために歩いていたのに、近くの空き地に彼のベレットを見つけてしまい、むしろ緊張は高まるばかりでした。もうずいぶん歩いたのだけれど、まだしばらく歩く必要がありそうでした。

私はそのまま高野川まで出て、川べりを少し行ったところにある喫茶店に入りました。喫茶店の時計は六時半をいくらか回っていました。十五分後に店を出て彼の部屋を訪ねよう。身も心も疲れきっていたけれど、そう決心してテーブルの上に手帳を広げました。

その黒い革の手帳に、私はちょっとした思いつきや好きな歌の歌詞、気に入った本の一節などを書き込んでいました。臼井さんに会ったら何をどう話すか。それについても幾通りかのシナリオを書き込んでいたのだけれど、あらためて読み返すと、そのどれもが陳腐で不自然に思えてくるのでした。陳腐なのは仕方がないとしても、自然に振る舞うってどういうことをいうのだろう？　唐突に誰かの部屋を訪ねて、自然に振る舞える女なんているのだろうか。

——人間は選択して決意した瞬間に飛躍する。

店の主人が『赤旗』を読む手を休めて淹《い》れたコーヒーを飲みながら、私は手帳の余白にキルケゴールの一節を記しました。この美しい言葉に間違いなどあろうはずもないのに、書き終えるのと同時にボールペンで真っ黒になるまで消しました。この時、住所欄にあった許婚の番号も一緒に塗り潰しました。どう転んだところで、もうこの人と会うことはしない。私はそう心に決めたし、九時までに寮に戻ることができれば、この決意を彼に伝えるつもりでした。

店を出る前に手洗いに立つと、鏡には歯を食いしばり、怖いような顔をした自分が映っていました。緊張していただけでなく、私は腹を立ててもいたのです。こんなにも度を失っている自分自身に対して。そして、女の私にこんな思いをさせている臼井さんにも。鏡の前では、それでもまだ都合のいい時にだけ女になる自分を笑う余裕がありました。

私は先ほど来た道を引き返し、臼井さんのアパートへ向かいました。今度は躊躇《ちゅうちょ》せずに外階段を駆け上がり、一番奥の部屋をノックしました。少し間を置いてもう一度ドアを叩《たた》いてみたものの、何の反応もなく物音ひとつしません。彼が留守にしているらしいと知って、私は虚を衝《つ》かれた思いでした。もちろん、私は臼井さんに会えないかもしれないとは思っていました。でも、彼に会った時のことばかりに気をとられて、会えなかったらどうするかまでは考えていなかったのです。

さて、どうしよう？　家々に明かりが点《とも》り始め、そろそろ七時になろうかという頃です。このまま大阪へ帰ってもよかったし、実際に帰りたくもあったけれど、私はもうしばらく待つことにしました。というのも、玄関脇《わき》の磨《す》りガラス越しに黄色い花が見え、それが妙に気になったのです。臼井さんは玄関に花を飾ったりする人だろうか？　私にはそうとは思えなかった。ひょっとしたら、彼は一人で暮らしているのではないのかもしれない。ふいに湧《わ》いたこの疑問だけはどうしても解明したいと思ったのです。

階段を降りると、下の商店主と目が合いました。店仕舞いをする時間らしく、彼は軒先の商品を片づけているのでした。私はコーラか何かを買い、臼井さんが戻るのは何時頃ですかと彼に訊《たず》ねました。臼井？　私の問いに店主は怪訝《けげん》そうな顔をしました。臼井さんの特徴を説明し、駐車場の場所まで告げたのですが、奇妙なことに「上の階に臼井という人は住んでいない」と彼は答えました。

私が困って地図を眺めていると、買い物籠《かご》を抱えた主婦が、「京大の若先生のことやないの」と言いました。「背がこんなに高くて、ちょっと変わった色の車に乗ってはる人と違う？」

「そうです。オレンジ色で、ボンネットの部分だけが黒く塗られた車です」

「その人なら、河原町の予備校で英語を教えてはるわ。うちの甥《おい》が習ってたんよ」

そこまで聞いたところで、店主はやっと合点がいったらしく、「アイヌの研究をしてる人やな」と言いました。

「あの人、アイヌの研究をしてはるの？」

主婦の質問に頷《うなず》きながら、店主は二階の部屋にビールを届けた時の話をしました。二、三ヵ月前のことで、その時、臼井さんは部屋で奇妙なテープを聴いていたというのです。

「何のテープかと訊《き》くと、アイヌの人の会話や言うてた。そうか思うと、インド人と一緒にうちの店に買い物に来はったこともある。その時はインドの言葉で喋《しゃべ》っとった」

結局、何時に戻るのかも分からないまま、私は階段の前で彼を待つことにしました。しばらくすると小雨がぱらついてきたので、店仕舞いした商店の軒先で雨宿りをしました。こんなところで、私は一体何をしているのだろう？　そんなことを思いながら近くにあった公衆電話に十円玉を入れ、オペレーターに先ほどの喫茶店の番号を訊ねました。手帳のページに簡単なメッセージを記し、聞いたばかりの電話番号を書き添えると、私は再び階段を駆け上がりました。私は一体何をしているのだろう？　メッセージを記した部分をちぎってドアの隙間《すきま》に挟んだ時、もう一度そんな思いがよぎりました。

喫茶店には一人の客もいませんでした。私はコーヒーを注文し、もう一度手洗いに立ちました。風に乱された髪を直し、鏡の前で微笑んでみると、今度はまずまずの顔に映りました。わざとらしくもなかったし、生意気な感じもしない。この鏡は悪くないと思いました。

コーヒーを飲みながら、私は近くのテーブルに置かれていた『赤旗』を読みました。メニューに午後八時までとあるのを見て、少しでも長くこの店で粘ろうと思ったのです。案の定、『赤旗』を読む女の客が気になるらしく、顎鬚《あごひげ》にいくらか白いものが混じる店の主人がちらちらと私の方を見ました。

「台風が急接近中やそうですよ」

二杯目のコーヒーを運んできた時、彼はそう話しかけてきました。

「台風が？　七月に入ったばかりなのに」

「夏台風の二号やそうです。今日はどちらから？」

「千里から来ました」

「千里？　大阪からですか？」

「私、万博会場で働いているんです」

「それで謎《なぞ》が解けた」と彼は言いました。「私も先月万博に行ってきました。一人で行ったんですわ。一人で行って、一人で並んで、一人で見物して、一人で食事をしました。そんな客、珍しいですやろ」

「そうですね」

「あそこは物を考えるにはええ場所や。ああいうところに一人でいると孤独を感じますなあ。孤独いう以上に疎外感《そがいかん》のようなものを感じました。疎外というのはマルクスが作った言葉だということはご存じですか」

共産党に勧誘されるのではと思い、私は身構えながら首を振りました。彼はカウンターの椅子《いす》に腰かけ、店のマッチで煙草《たばこ》に火をつけました。

「機械化された文明社会に帰属意識を持ち得ない現代人、これを説明するためにカール・マルクスが作った言葉ですわ。疎外という言葉には独特の意味がある。単に誰にも相手にされんと、一人ぼっちでいるいうことではないんです。みんなから手招きされても、敢《あ》えてその輪に加わろうとせん人がおるでしょう」

用心深く頷いただけですが、私は彼の話に興味をひかれました。

「私はムーミンというマンガが好きで、日曜日に子供と一緒によく観《み》るんです。ムーミン谷の外れに川が流れとって、その川べりでいつもギターを弾いてる男がおるでしょう」

「スナフキンですね」

「そう、スナフキン。彼はみんなから好かれとるし、一目も二目も置かれとるけど、ムーミンたちと食事をしたり、一緒にどこかへ出かけたりすることはない。なんでかわかります？」

「わかるような気もしますけれど、私はスナフキンが疎外されているとは思いません」

「それやったら孤独の話をしましょか。孤独いうのは、私に言わせれば情緒上の贅沢《ぜいたく》なんです。スナフキンはそんな贅沢な男やない。彼は孤独に慣れとるけど、別にそれを楽しんどるわけやない。私はあの男、革命家なんやと思う」

それを聞いて私は声をあげて笑いました。そんなふうに笑ったのは、ずいぶん久しぶりでした。彼も一緒になって笑いながら、「京都見物の帰りですか」と私に訊ねました。

「ええ、半分そんなものです」

「この先に京福電鉄の始発駅がある。一度、乗ってみはったらええですわ。本物の京都はあの電車に乗ってしばらく走ったところにあります」

尻上《しりあ》がりの言葉でそう言うと、彼はカウンターの奥に戻り、ビールを飲み始めました。勧められたビールこそ断ったけれど、私は次に来た時はその電車に乗ってみようと思ったし、彼との短い会話を楽しんでいる自分に驚いていました。

そうしている間にも、小雨交じりの強風に喫茶店の窓がせわしなく音を立てていました。八時を過ぎると雨は上がりましたが、風はやみそうになかったし、彼からの連絡もありませんでした。十時の門限から逆算して、九時すぎには電車に乗らなければと思い、八時半になるのを待って店を出ました。

臼井さんの部屋は喫茶店がある通りから一本入った路地に面していました。最初の角を曲がったところで二階の部屋に明かりが灯《とも》っているのを見て、私は胸を掻《か》きむしられるようでした。戻っていたのなら、どうして連絡してくれなかったのだろう？失望とも怒りともつかない感情を鎮《しず》めるために、先ほどの商店の前を過ぎてしばらく歩きました。でも、もう躊躇している時間もないのでした。時計の針に促されて階段を上り、ドアをノックすると、磨りガラス越しに臼井さんがやって来るのが見えました。いくつも言葉を用意していたのに、どう切り出していいのかも分からず、私はただそこに立ち尽くしていました。

一センチほどドアが開けられ、狭い隙間から一瞬だけ彼がこちらを見ました。ドアはすぐにまた閉められ、今度はガシャガシャとチェーンを外す音が聞こえました。再びドアが開けられると、私の足元をかすめるようにして白い猫が走り去っていきました。

「どなた?」

玄関に姿を現したのは流行《はや》りの大きなつけ睫《まつげ》をした女性でした。ニットのノースリーブにジーンズ姿で、見た目は二十歳くらい。小造りの顔と切れ長の目に特徴があり、岸田劉生《りゅうせい》のモデルのように前髪を切り揃《そろ》え、ビーズやガラスでできた飾り物をいくつも首からぶら下げていました。

「これを書いた人ね」そう言いながら、彼女はジーンズのポケットからメモを取り出しました。「たったいま、お店に電話したのよ。標準語を話す美人て、あなたのこと?」

私が黙ったままでいると、彼女は「違うの?」と畳みかけてきました。背筋をピンと伸ばし、やや下顎を引いた頭の構え方にはどこかしら挑戦的な印象がありました。

「メモを書いたのは私です」

「あなた、あの店で何時間も待っていたそうね」

「ええ、せっかく来たのだから臼井さんとお話がしたいと思って」

「そう。でも残念ね、兄は旅行に出かけているの」

そのひと言で私は救われたようなものでした。

「……妹さん?」

「そうだけど、あなたはどなた?」

気を取り直して自己紹介をすると、彼女は私の目の中を覗《のぞ》き込むようにしながら一つひとつの言葉に頷きました。思い返せば、この人はいつもそうでした。真正面から相手の目を見つめ、話が済むまではけして視線を逸《そ》らそうとはしなかった。一つところをじっと見つめる瞳《ひとみ》は、時に黒い斑点《はんてん》ではないかと思わされるほどで、こちらがたじろいでしまうこともしばしばでした。程度の差こそあれ、臼井さんにもそんなところがありました。この兄妹《きょうだい》は外見的にはどことといって似たところはなかったけれど、何度も会ううち、私は二人が同じ躾《しつけ》を受けて育ったことに気づかされていったように思います。

名前を訊ねると、彼女は掌《てのひら》に「成美」と書き、「あの怖い人と発音が一緒なの」と言いました。

「怖い人?」

「あの人のこと、知らないの? あなたも万博で働いているんでしょ」

「鳴海祐子さんのことをおっしゃっているの?」

「そうね」彼女は少し間を置いてから答えました。「確かそういう名前だった」

私は不思議に思いました。鳴海さんは近寄り難い人ではあっても、けして怖い人などではなかったからです。鳴海さんの率直さが怖さを感じさせたのなら、その同じ轍《てつ》だけは踏むまいと心に決め、私はただ事故のお見舞いに寄ってみただけだと言いました。

「かすり傷ひとつ負ってないわ。でも、兄は嫌なことがあると、すぐどこかへ行ってしまうのよ」

その時、奥の方で電話が鳴りました。部屋に入った彼女は、すぐに戻ってきて「入って」と言いました。玄関先で躊躇していると、成美さんは受話器を持ったままで手招きをし、四人がけのテーブルの椅子を指差しました。私は頷いて部屋に上がり、肘《ひじ》掛《かけ》のついた椅子に腰かけました。空色のクロスが敷かれたテーブルには百合《ゆり》の花が活《い》けられ、柱には銀文字で「祝京都大学合格」と彫られた時計がかけられていました。困ったことに、もう九時になるところでした。

二間続きの部屋にある品々は、それでも私の好奇心を掻き立てずにいませんでした。棚には本やレコードがぎっしりと並べられ、小窓から吹き寄せる風にハンモックが揺れていました。高価そうなステレオにオープンリールのデッキ、その横には望遠レンズを付けたカメラが二台ありました。洋書に専門書、ロシア語やスペイン語の教則本。いかにも重たげなディドロやモリエールの豪華本——その何もかもが私には驚きでした。

臼井さんの実家は、かなりのお金持ちなのかもしれない。ダ・シルヴァ、アトラン、マーレヴィッチと書かれた画集の背表紙を見ながら、私はそう思っていました。そもそも私は、彼の部屋に電話があるなんて思ってもいなかった。私の知る限り、アパートの部屋に電話を引いていた学生は一人もいませんでした。学生たちにとって、電話はまだ誰かから借りたり、小銭を持って街角までかけに出かけたりするものだったのです。

「いまの電話、母からよ」電話を切ると、成美さんはそう言いました。「うちの兄貴、タイに出かけていて戻るのは十五日くらいになるらしいわ」

成美さんは猫の餌《えさ》が残っているボウルを片づけ、モップを使って台所の床を拭《ふ》きました。部屋の中はきれいに整頓《せいとん》され、男性の一人住まいとは思えないほどでした。

「成美さんもここに住んでらっしゃるの？」

「私は風通しに来てるだけ」この時、彼女は初めて京都の言葉で話しました。「私は両親と滋賀の大津に住んでるの。滋賀いうても山科《やましな》の少し先で、そう遠ないわ」

「滋賀から大学に通ってらっしゃるの？」

「大学生に見える？」サイフォンを用意し、アルコールランプに火を点《つ》けると、成美さんは私の前に銀色のマッチ箱を置きました。マッチは祇園《ぎおん》のバーのものでした。

「私、この店で働いているんよ。名刺代わりに持ってって」

そう言うと、彼女はマッチ箱に店の住所を書き込みました。私は不思議な気持ちでそこに記された文字を見つめていました。その筆跡は尾上《おのえ》流に違いなく、祇園のバーのマッチとの組み合わせには、ひどくちぐはぐな印象がありました。目の前にいる女性の中に、何か複雑なものを感じとったのはこの時が最初でした。

話をしているうち、私たちは同じ年の生まれで、誕生日も二日しか違わないことがわかりました。不思議なもので、そうとわかると最初の印象は一変しました。五分前までは品のない女だと思っていたのに、コーヒーに口をつける頃には、いくらかうっとりしながら彼女の言葉に耳を傾けていました。女性が話す京都弁は何て雰囲気があるのだろうなどと思いながら。

コーヒーの味をほめると、彼女は「さっきの店と較《くら》べてどう？」と訊《たず》ねました。

「あの喫茶店？　正直いって、味なんかわからなかった。でも、面白いご主人だった」

「マスターはうちの兄と親しいんよ。長いこと京大で教えてはったんやけど、最後まで助手のままやった。理由は言わんでもわかるでしょ」

「信念の持ち主だったわけね」

「そう。けど、いまじゃ信念のご機嫌はどうなんかな」

成美さんは、レコードが置かれていた棚から一枚を取り出してターンテーブルに載せました。流れてきたのはハイドンの弦楽四重奏でした。

「ドイツの国歌よ。あんなひどいことした国やのに、それでも聴くたびに感動してしまうんよ。直美さんには、ひどい人間や思いながら、なんでか縁を切れへん相手っている？」

「いいえ。でも、成美さんにはきっとそういう人がいるのね」

「質問になってへんかったね」成美さんは声をあげて笑いました。

二杯目のコーヒーが沸くのを待ちながら、私たちはいくつか質問をし合いました。私は臼井さんのことを訊ね、成美さんは東京のことなら何でも知りたいと言いました。でも、実際には自分の兄の話をしたかっただけなのかもしれない。臼井さんのことを話す時の彼女は、それくらい潑剌《はつらつ》としていました。話の途中で、成美さんはスタンプがいくつも押された封筒を私に見せました。それはモスクワから臼井さん宛《あ》てに届いた手紙だということでした。

「兄はキリル文字でモスクワに手紙を書くこともできるし、ポルトガルの高校の入試問題を解くことだってできるんよ。ある人が言うてた、火星人が地球にやって来たら、最初に火星語をマスターするのはうちの兄だって」

臼井さんはなぜタイに行っているのだろう？　それに、どうしてモスクワから手紙が届いたりするのだろう？　訊ねてみたいことはいくつもあったけれど、よけいな質問はしないことに決め、私はただ彼女の話に頷《うなず》きました。

あと十分かそこらで十時になる頃、私は電話を借りて寮にかけました。門限に遅れそうだと告げると、電話口に出た男性はのんびりとした口調で名前と部屋番号を訊ねました。名前の確認をするだけで、咎《とが》め立てするようなことは何も言いませんでした。

成美さんはバーのマッチに祇園の地図を描き加え、「今度、来て」と言いました。もっと自分の兄の話をしていたいという様子がありありだったから、私は二日後に店を訪ねる約束をしました。

「あなたが玄関に立ってるのを見て本当にびっくりした」

「どうして？」

「だって私、あなたのこと、前から知ってたんよ」

意味がわからずに黙っていると、彼女は奥の部屋から一冊の雑誌を持ってきました。それは万博の開催を特集で扱ったグラフ誌でした。

「これ、あなたでしょ」

彼女がページをめくると、そこには確かに私が写っていました。私自身、初めて見る写真でした。万博開催当初の私たちはちょっとしたタレントのようなもので、数え切れないほど被写体になっていたのです。

「兄はあなたの写真を指差して、中道さんに似てるって言うてた」

「中道さんて、どなた?」

「むかし、兄の同級生やった人。頭がよくて、えらい別嬪《べっぴん》さんやった。みんな、中道さんに憧《あこが》れてたんよ」

成美さんは私のカップにコーヒーを注ぎながら続けました。

「あなたのこと、兄はこうも言うてた、この人は他の女の人とは違うって。兄はそんなこと、めったに言わんから、どういう人なんかなって思ってた」

雑誌を眺めながら、私はその日五杯目になるコーヒーを飲みました。グラビアの中の私は、やや上向き加減で、いつになく生真面目《きまじめ》な表情をしていました。悪くない写真でした。私は少し興奮していたけれど、それは必ずしもカフェインのせいだけではなかったはずです。

駅まで送るという申し出を断って、私はアパートを出ました。何となく、一人で歩きたかったのです。いえ、時間さえ許せば、どこまでもずっと歩いていたかった。

私は京阪電鉄の駅を素通りし、川端通を南へ歩きました。しばらくすると細かい雨が降ってきたけれど、傘が要るほどではなかったし、その頃には風も収まっていました。雨も風も、そんなものはもうどうでもよかった。深夜の川端通を歩きながら、私はハイドンを口ずさみ、時折立ち止まって鴨川に映る光を眺めました。その時、目にした光景は二十年以上たったいまも鮮明に憶《おぼ》えている。鴨川の水が風にさざめいて、旅館やホテルの明かりを忙しく揺らしていた。生暖かい風を頬に感じながら、私はその明かりの一つひとつを愛《いとお》しく思った。

門限に遅れたのは初めてだったのに、その夜、何時に寮に帰ったのかまるで憶えていない。特別なことがあった日の私は、いつもそんな調子だった。ついこの前まで、門限破りをした同僚の武勇伝を半信半疑で聞き流していたというのに、それからの私は門限破りの常習犯になっていたのです。

8

ある種の女たちが夫婦別姓を主張しているのが私には信じられない。新しい名前でもう一度生き直すことができるというのに、わざわざその権利を放棄しようとするなんて。

私なんか、旧姓で呼びかけられるたびに血圧が二十くらいも上がってしまう。旧悪とまでは言わないけれど、憶えていてほしくない過去を知っている人に出会うと、それだけでひやひやしてしまうし、久しぶりの笑顔にさえも何か特別な意味があるのではと勘繰ってしまうのです。

十年近く前の冬、買い物帰りに銀座を散歩していたら、ふいに旧姓で呼びかけられたことがありました。その時も飛び上がるほどに驚いてしまったのだけれど、相手が誰なのかを知って身構えるよりも懐《なつ》かしさの方が先に立った。

声をかけてきたのは自治省の役人でした。私は役人なんか大嫌いだけれど、この人だけは別だった。彼は万博の期間中、頻繁に協会本部に来ていました。役人とは思えないほどにさばけた人で、本当に色々なことに興味を持っていた。あの当時、デビューしたてのデヴィッド・ボウイがボブ・ディランの影響から出発したなんて話ができるのは、彼くらいしかいなかった。

しばらくの間、私たちは松坂屋の前で立ち話をしました。近況を伝え合い、銀座へ来た用向きを訊《たず》ね合うと、話は自然と万博の頃のことになりました。あれからもう十年以上たっていたのに、彼は当時のことをよく憶えていて、いまでも付き合いがあるという何人かの名前を挙げ、その人たちがどうしているのかを教えてくれました。相変わらず彼の話は面白いと思ったけれど、やがて笑ってばかりもいられなくなった。というのも、話が一段落した時、「臼井くんはどうしているだろうね」と彼が言ったからです。

それが質問なのかどうか量りかねて、私は黙ったままでいました。実は大阪にいた頃、何度かこの役人に誘われたことがあって、誘いを断る口実に臼井さんの名前を出したことがあったのです。彼は三つ年下の臼井さんと親しかった。というか、親しくなろうとしていました。そんなこともあって、彼は臼井さんと私を結びつけて考えていたようでした。

「万博が始まったばかりの頃、カナダ館のあるホステスが、臼井くんの歩き方が素敵だと僕に言った。きっと僕の口からそれを彼に伝えてほしかったんだろうね。見え透いた手口だ」

「伝えたのですか？」

「まさか。そんな役回りはごめんだよ。でも、言われてみれば、臼井くんの歩く姿は確かにしゃんとしていた。さっそく真似《まね》てみたんだけれど、どうにもうまくいかない。それで、歩く時にどういう点に注意したらいいのかと彼に訊《き》いてみた」

「そしたら？」

「両足の指に心持ち力を入れればいいと教えてくれた。そんな答えが返ってくるとは思わなかったから、びっくりしたよ。お母さんが踊りのお師匠さんだったんだってね」

そう言うと、彼は臼井さんを真似て私の前を足早に歩いてみせました。

「似てないよな」

「ええ、ちっとも似ていません」

私の答えに、彼は周囲の人が振り返るほどの声で笑いました。私も笑いはしたけれど、何だか少し哀《かな》しくもあった。この人は臼井さんと私の間に何があったのかを知っているのだ。ふいにそう思い当たって哀しかった。

話題を変えたくて奥さんのことを訊ねると、「あのあと、紹介された女と一緒になった」と彼は答えました。自分で相手を見つける人だと思っていたから、私にはちょっと意外でした。

「どんな方なのかしら。とても興味があるわ」

「いい女房だよ。まずは理想的だ。いまでも紹介してくれた人に感謝している」

私が黙ったままで頷くと、彼は少し困った様子でこんなことを言いました。

「役所というところは結婚相談所も兼ねていて、その気がなくても次々に相手を紹介されるんだよ。僕も三十に近かったし、紹介されて会ってみたら悪くなかった。結局、そういう巡り合わせだったということだね」

彼は私の質問には答えたけれど、疑問には答えていませんでした。それに気づいたのか、彼はいくつかのエピソードを交えて奥さんのことを説明しました。フェリス女学院の出身で、二十歳になるまで一度も地下鉄に乗ったことのない箱入り娘であったとか、そのせいで結婚後も色々と戸惑うことが多かったとか、そんな話でした。最初のうちは面白く聞いていたけれど、やがて言葉の端々にどこかうんざりした調子が紛れ込んでいることに私は驚かされました。私が知っていた彼は、けしてそんな話し方をする人ではなかったから。

それから何を話したのか、よく憶えていない。多分、何も話さなかったのだと思う。私たちは数寄屋橋《すきやばし》まで歩き、交番の前で別れました。冬の夕方で、あたりはもう暗くなりかけていました。彼がしょんぼりしているように見えたのも、ひょっとしたらそのせいだったのかもしれません。

「臼井くん、どうしているだろうな」

交番の前で、私はもう一度同じ言葉を聞きました。今度は質問のようには聞こえませんでした。そうかといって郷愁というのでもない。歩きながら、彼はずっと言葉を探していたのだと思う。

「みんな、臼井くんのことが好きだった」別れ際《ぎわ》に、彼はそう言いました。「でも、誰も彼のことを知らなかったんじゃないかな。僕はそういうことだったんだと思う」

彼を乗せたタクシーが走り去り、再び一人になると私は日比谷の方へ歩きました。色々なことを思い出しながら、その日はずいぶん長い距離を歩きました。

この高級官僚の言葉が、私はもっともよく臼井さんという人を言い表していたように思います。どんなに親しく見える人との間にも、臼井さんはどこかで一線を引いているように見えました。雑談や昼食には付き合っても、それ以上の誘いには応じようとはしなかった。彼はカバーをかけた本を何冊も持ち歩き、暇があればそれを開いて、ページに折り目をつけたり、欄外に書き込みをしたりしていました。そうかと思うと考え事に耽《ふけ》っていることも多く、ふいに話しかけたりした人は、きまって何の話かと訊き返されることになるのです。そんな彼を「付き合いが悪い」と非難する人もいたけれど、それでも彼を無視できるような人は稀《まれ》だったのです。

臼井さんとは一体どんな人なのか——あの年の夏、私はじきにそれを知ることができるのだと思っていました。テーブルを挟んで、彼と向き合う瞬間を何度想像したかわからない。その想像は間もなく現実のものになるのだし、彼も他の人に見せない素顔を私には見せてくれるはずだと信じていた。でも私は、なぜそんなふうに信じ込んでいたのだろう？　当の自分が何者であるのかにさえも気づいていなかったというのに。

臼井さんの反応は意外なところからありました。ワルシャワから寮に絵葉書が届いたのは、成美さんと会った夜からちょうど十日後のことでした。

〈通訳の仕事でこちらに来ています。二十日には帰国できると思います　U〉

たったそれだけの内容でしたが、帰国日を知らせるその文面は、私には一つの恋歌のように思えました。妹ほどではないにせよ、彼もまた見事な文字を書く人でした。

臼井さんが書いた文字を何度も読み返し、世界地図でワルシャワの位置を確かめたりしながら、半ば怖いような気持ちで私は七月二十日を待ちました。

ポーランドのことなど何ひとつとして知らなかった私は、苦労をしてワルシャワの観光案内書を手に入れ、飽きもせずにそれを眺めていました。ドイツ語で書かれていたので内容はちんぷんかんぷんでしたが、三十ページほどのその小冊子を開くたびに私の心はワルシャワへ、コペルニクスとショパンの街へと翔《と》び立ちました。ワルシャワというのは、もちろん一つの記号にしか過ぎませんでした。仮に彼がローマにいたとしたら、私はイタリアの研究家になっていたでしょう。事実、臼井さんがタイにいると思い込んでいた私は、梅田の書店でタイ観光のガイドブックを何冊も買い込んでいたのです。彼にかかわりのあることなら、私はどんなことでも知りたいと思っていました。

あの当時、海外へ出かける日本人はいまのように多くなかったし、外貨の持ち出しは厳しく制限されていました。渡航者の多くは靴下や下着の中にドル紙幣を隠したというし、ほんの数日ハワイへ行っただけで、その後、何年も話題に事欠かないほどだったのです。まして馴染《なじ》みのない東欧へ出かける人など数えるほどだったに違いないのですが、私は臼井さんが通訳の仕事で出かけているということを疑いもしませんでした。彼はいまワルシャワにいる、そしてじきに京都へ戻ってくる。私にはそれで十分だったのです。

八坂神社西楼門のすぐ近く――祇園交差点の北側一帯はちょっとした歓楽街になっていて、背の低いビルや赤提燈《ちょうちん》を掲げた店が軒を連ねていました。和装の土産物屋などもあって、そこで買った桐《きり》の櫛《くし》を母に送ったこともありました。

私の記憶が確かなら、アーケードの商店街が続く表通りの所どころに、うっかりしたら見落としてしまいそうな細い路地が何本か走っていたはずです。道幅はせいぜい一メートルかそこらだから、むしろ抜け道といった方がいいかもしれない。飲食店の類《たぐい》はそのあたりに密集していて、成美さんが働いていたバーも何本かある細い路地の一つに面していました。土地の人の案内でもなければ足を踏み入れる気にならないような一角でしたが、私はいまもあの店で過ごした時間を懐かしく思い出す。

初めて店を訪ねた時、成美さんはバス停で私を待ってくれていました。八坂神社の提燈に灯《とも》りが点っているのがどうにか見えたから、待ち合わせたのは六時半とか、そのくらいの時間だったはずです。成美さんのあとについて狭い路地に足を踏み入れると、どこからともなく夕食の匂《にお》いがしました。「初めての人は九割方迷う」と彼女が言う通り、一人ではあの店に辿《たど》り着けなかったと思います。

その夜の私はかなり浮かれていました。祇園でお酒を飲むのはロマンティックなことのように思えたし、何か新しい発見ができそうな気がしていたのです。でも、行ってみるとただのスナックという感じで、少しがっかりしたことを憶えている。店は入りくんだ場所にあり、看板さえ出ていませんでした。L字型をした十席くらいのカウンターにテーブル席が二つ、壁際に置かれたピアノの下で大きな猫が寝ていました。白と黒のまだらで、ずいぶん年をとっているふうでした。

「お店っていうのは場所じゃないのよ。だってあなた、駅前のお店でくつろいだりできる？　ただ気ぜわしいだけでしょ」

入り口のあたりで、わかりにくい場所だと話していると、厨房《ちゅうぼう》から和服姿の女性が出てきて私にそう言いました。この人が店のママで、年の頃は五十近く。眉《まゆ》をきれいに描き、アップにした髪がとても似合っていた。いいお店だと誉《ほ》めると、ママはボトルを一本プレゼントしてくれました。それとも、あれは二度目に行った時だったのだろうか？　私はウイスキーのラベルにマジックペンで自分の名前を書きました。ボトルをキープしたのは、この時が初めてでした。

観光客が辿り着けるような店ではなかったから、客は地元の人ばかりでした。店が立て込んできても、ママはずっと客と話をし、一緒になって笑っていました。私は少しうっとりしながら、そんな彼女を眺めていました。あんなふうに笑えたらどんなにいいだろう。そう思わせるような、腹の底からの笑いでした。

その間、成美さんは大忙しでした。開店前の掃除から仕込み、調理、皿洗い、何もかも彼女が一人でこなしていました。そんなに熱心に働いていたのにはちゃんと理由があった。ママには同志社大学に通う息子がいて、その人が成美さんのボーイフレンドだったのです。

九時すぎにママが店を出て行くと、成美さんは定期入れから一枚の写真を取り出して私に見せました。嵐山《あらしやま》を背景にした写真にはサングラスをかけた体格のいい男性が写っていました。成美さんは、その人を「小川くん」と呼びました。小川くんというだけで、下の名前は知らないし、サングラスの写真だけではどんな人なのか見当もつきませんでした。いま思い出せるのは、彼女が小川くんを熱愛していたということだけです。

「彼を紹介するから、よく観察しておいて。もしかしたら、彼は私のことを真剣に考えてくれていないのかもしれない」

大きなグラスでビールを飲みながら、成美さんはそう言いました。

そのうち、ママが五、六人の女性を連れて店に戻ってきました。私の母親と同年輩の女性たちでした。すでに出来上がっているらしく、彼女たちはコップで日本酒を飲み、京都弁で賑《にぎ》やかに話していた。ママに促され、ピアノの前に座った成美さんが高音の鍵盤《けんばん》をいくつか叩《たた》くと、彼女たちはそれに合わせて発声練習をしました。あとになって、終戦後、京都の放送合唱団に所属していた人たちだと聞きました。

何を歌うかでひと騒動あって、やっと歌が始まったのは十分もしてからでした。和服姿の女性たちは、成美さんの伴奏で『蘇州《そしゅう》夜曲』を歌い、『荒城の月』を歌いました。成美さんはピアノが上手だったし、女性たちの歌声も年齢を感じさせないものでした。思い出が蘇《よみがえ》ったのか、歌声に混じって洟《はな》をすする音がしたのを憶《おぼ》えている。どちらも母が大好きな曲だったから、私もちょっぴりしんみりしてしまった。

若い女は一年に三つずつ年をとる——母はそう言って私を脅していました。男の一年は女にとっては三年に当たる、とも。ピアノの上に置かれたカレンダーを見て、あと二ヵ月で万博も終わりだと思い、何とも言いようのない気持ちになった。三年後とは言わない、せめて半年後、自分がどこでどうしているのか、切実にそれを知りたいと思った。

夜が更《ふ》けて客が少なくなると、成美さんが私の隣に腰かけてきました。私たちはテーブル席に移り、ママを交えて話をしました。臼井さんの話題が出ると、ママは彼のことを「礼くん」と下の名前で呼びました。その呼び方に敬意がこもっているように感じられて何だか嬉《うれ》しかった。嬉しかったり、切なかったり、私の感情は十五分ごとに変わっていたのだけれど、結局のところ、若いというのはそういうことなのかもしれません。

ピアノの腕前を誉めると、成美さんは「見様見真似よ」と言いました。

「正規のレッスンを受けたことは一度もないの。先生について習いたかったんだけれど、母に反対されて諦《あきら》めた。ちょうど兄がピアノを辞めたばかりだったから」

「臼井さん、ピアノを習っていたの？」意外な気がして、私はそう訊《たず》ねました。

「そうなの。兄のせいで私は習わせてもらえなかったのよ」

「どういうこと？」

「兄が習っていたのは小島先生という人で、母の一番の親友だったの。小島先生は戦争でご主人を亡《な》くして、とても生活に困っていた。そうでなくても、その頃はピアノを習う人なんか数えるくらいしかいなかった。それで母が兄を小島先生のところへ習いに行かせたの。兄は他のことは大概できたけれど、音楽だけはからきしだった。一年たっても、一曲もまともに弾けなかった。ピアノの練習も嫌で仕方がなかったんだけれど、それでも母に義理立てしして毎週習いに行っていたの。三年生になって兄がとうとうピアノを辞めたら、小島先生から手紙が来た。母から何度も読んで聞かされたから暗記してしまった」

「どんな手紙だったの？」私の代わりにママが訊ねました。かなり飲んでいるらしく、彼女は耳たぶまで真っ赤でした。

「月曜日の五時になって、あ、礼くんはもう来ないんだと気がついて、先生はとても淋《さみ》しくなりました。でも、これからはお勉強をがんばりたいというし、それを聞いて先生もがんばらなくてはと思いました。最後のおけいこが終わったあと、先生の顔を見られなくて、小さな声で、三年間お世話になりましたと言った礼くんの声、その姿を先生はずっと忘れません。礼くん、あなたはきっと何かを持っている人だから、自分を信じてこれからもがんばってください。……そんな内容でした」

「礼くん、か。優しい先生なんやね。成美ちゃんも習えばよかったのに」

「母はその手紙を読むたびに泣いていました。泣きながら、こんな哀《かな》しい思いをするくらいなら最初から習わせるんじゃなかったと言っていました。それで、何となくピアノを習いたいと言い出せなくなったんです。いまでも道ばたでレッスンの音を聞いたりすると、小島先生のこととか、あの手紙のことを思い出すんです」

そこまで話すと、成美さんは私の方を向いて悪戯《いたずら》っぽく笑いました。

「直美さん、もし兄に腹が立つことがあったら、こう言ってやればいいのよ。礼くん、三年間お世話になりましたって」

「それはいいわね」ママは成美さんの肩を叩きながら笑いました。彼女の笑い声は、やっぱりいいなと思いました。

私は生涯で四回泥酔《でいすい》したことがあるけれど、その最初がこの夜でした。その晩はすぐ近くの祇園ホテルを予約していたのですが、どうやって部屋まで辿り着いたのかも憶えていない。明け方に目を覚まし、何杯も水を飲みました。服を着たままで目覚めた時は、もうチェックアウトの時間でした。気もそぞろで帰り支度をしていると、ドアがノックされ、夏服を着た成美さんが部屋に入ってきました。私の顔を見て「お仕事は無理みたいね」と彼女は言いました。私は「全然平気よ」と答えました。なぜだか私は、酔っていると思われたくなかったのです。

ホテルの前には臼井さんのベレットが停まっていて、ちょっとした交通渋滞を惹《ひ》き起こしていました。運転席には小川くんが座っていました。肩まで髪を伸ばし、顎鬚《あごひげ》まで生やしていたけれど、クリクリとした目が可愛《かわい》らしかった。年を聞くと、十九歳だという。ひどくお喋《しゃべ》りな人で、あれこれと私に質問をし、答えを聞き終えないうちに別の話題を持ち出すといった調子でした。思わず、「若いなあ」と呟《つぶや》くと、額面通りに受け取って「大した違いはないですよ」などと言うのです。堪《こら》えきれずに笑うと、彼も成美さんと一緒になって笑いました。

私たちは小川くんが運転するベレットで大阪に向かいました。道路はひどく渋滞していて、給油するのにも十分以上待たなければならなかった。この分では午後の仕事にも間に合いそうになかったけれど、「気にすることはないですよ」と小川くんは言いました。

「そうよ、気にすることなんかないわ。あの会場から、人間が一人や二人減ったところで誰も気がつかないわよ」

成美さんにもそう言われ、その通りだという気がした。途中の店で買ったビールを飲みながら、カーラジオに合わせて三人でCCRを歌った。『雨を見たかい?』。でも、雲ひとつない素晴らしい天気だった。成美さんたちは、これから海に行こうと話していた。水着はどこかそのへんで買えばいい。とにかく海に行こう、と。後ろの席で小川くんの煙草《たばこ》の匂いを嗅《か》ぎながら、私はただ臼井さんのことを思っていた。

その頃は、三日にあげず成美さんと電話で話をしていました。二人とも電話魔で、どちらも自分からは切ろうと言い出さなかったから、週末の夜などはきまって長電話になりました。寮の電話の前にしゃがみ込んで、どれだけの時間を過ごしたかしれない。彼女を通じて臼井さんのことを知ろうとしていた私は、気がつけばいつも質問ばかりしていました。

成美さんはエピソードを交えて色々と臼井さんのことを話してくれたのだけれど、私は話の中身よりも、彼女の語り口に心を動かされることの方が多かった。いまでも細かい部分まで憶えている話がいくつもある。

「手に負えない悩みを抱え込んでしまった時に、あの人ならどうするだろうかって考えることはない？　私にとってのあの人はいつも兄なの。ある時、とても哀しいことがあって、兄に相談したことがあった。兄はひと通り私の話を聞いてから、こう言ったの。その人が言ったことをそんなに気にしなければいけないほど、お前はその人のことを重視しているのかって。私はそれを聞いて泣いたわ。嬉しくて泣いたのよ。私はその人を重視したことなんか、ただの一度もありはしなかった。本当につまらない人間だった。兄は、ただそのことを思い出させてくれただけなんだけれど、私にはそれで十分だった」

話しながら、電話の向こうの成美さんは涙ぐんでいるようでした。彼女が経験した

「哀しいこと」とは何だったのか。それを知りたいと思いつつも、私は敢《あ》えて訊ねようとはしませんでした。臼井さんとの再会を目前にして、初めて女であることと和解できたつもりになっていた私には、成美さんの哀しみも恋愛問題以外にはあり得ないように思えたし、そうであれば、それは他人が口出しをするようなことではないはずだから。

9

京都大学は京都市の左京区にあって、百万遍と呼ばれるその界隈《かいわい》は夏休みに入っているはずなのに学生の姿が多く見られました。

成美さんと京大近くの喫茶店で待ち合わせたのは七月二十二日——この日のことは忘れようにも忘れられない。臼井さんの仕事が延びて、帰国するのは七月下旬になりそうだと聞かされ、少々焦《じ》れていた私を彼女がボウリングに誘ってくれたのです。その頃は誰も彼もがボウリングをしていたし、自分専用のボールを持ち歩いている人まででいたほどです。それなのに、成美さんも私もボウリング場に出かけたのはこの日が初めてでした。

結果から言えば、私たちはただ恥をかきに行ったようなものでした。負けた方がゲーム代を持つという約束で始めたのに、二人ともスコアのつけ方さえ知らなかったのです。四、五回投げただけで腕が痛くなったし、なぜ勝手にボールが曲がるのか不思議でならなかった。これはきっとそういうレーンなのよ、と成美さんは言いました。

私は頷《うなず》きながら、人生には解明しなくてもいい不思議もあるのだという気がしていた。私たちはボールの重さに驚き、それに振り回されている自分たちを笑い合った。結局、二人のスコアを合わせてやっと１００というゲームを二度繰り返し、支払いは割り勘で済ませて最初の喫茶店に戻りました。

店に戻ったのは夕方で、じきに小川くんが合流しました。二人は次の日曜日の予定についてあれこれと話し合っていました。映画に行こうか、それとも遠くの海までドライブしようか――成美さんは近くの海で十分だと言っていたけれど、免許を取り立ての小川くんは車で遠くまで行きたがっていた。

喫茶店の電話が鳴ったのは五時頃でした。呼び出されて電話口に出た成美さんは、二言三言話をしただけで受話器を戻しました。

「兄からよ。ボウリングのスコアはどうだったかって」テーブルに戻ると、彼女はそう言いました。

「どこから？　いつになったら戻るの？」

「もうすぐ来るから心配しないで。きっと京都駅からかけてきたのよ」

臼井さんがお店に入ってきたのは、それから一、二分してからでした。ボストンバッグを手にした彼は、真っ黒に日焼けし、ほんの少し息を弾ませていました。成美さんが「どこからかけてきたの？」と訊《たず》ねると、「角の公衆電話から」と彼は答えました。

臼井さんは私の正面の席に腰かけ、免税店で買ったというチョコレートの箱を開けました。箱にはボトルの形をした小さなチョコがたくさん入っていました。私たちはこのミニチュアのボトルで乾杯しました。チョコレートは少し軟らかくなっていて、齧《かじ》るとブランデーが口の中いっぱいに広がりました。

「夏の京都は暑いだろう」臼井さんはボンボンを齧りながらそう言いました。

「ええ、とても」

「一緒にビールを飲む約束だったのに、あれきりになっていたね」

私は黙ったままで頷きました。

「でも、何とか帰ってきたよ」

「お帰りなさい」

そう言ったきり、次の言葉が出なかった。何か言ったとしても言葉にならなかったと思う。瞼《まぶた》を閉じれば涙がこぼれ落ちそうだったから、私は瞬《まばた》きせず懸命にスプーンやテーブルの角を見つめました。泣いたりしちゃいけない。そんな思いが、なおのこと私を泣かせようとするのです。

「久しぶりだな、小川。握手でもするか」

臼井さんはそう言って小川くんと握手をし、彼の前に置かれていたコーヒーを飲み干しました。陽射《ひざ》しの強いところにいたらしく、頬の皮膚が何箇所もかさぶたになっていました。小川くんがベレットのキーを見せると、臼井さんは何も言わずに指先で彼の頬を弾《はじ》きました。その仕草が、何とも言えずによかった。久しぶりに見た臼井さんは、やはり私が思っていた通りの人だった。というか、そうあってほしいと思うような人だった。コーヒーが運ばれてくるまでの間に、店にいた何人もの人が臼井さんに話しかけてきました。そのたびに彼は二言か三言返し、相手にチョコレートを渡しました。チョコレートはすぐになくなってしまい、テーブルにはカラフルな銀紙だけが残りました。

「静かなところで電話をかけてきたいから」

やっとの思いで成美さんに耳打ちをし、私は喫茶店を出ました。通りに出ると、堪《こら》えていた涙がぽろぽろとこぼれ落ちました。バス停にいた人たちが、そんな私を不思議そうな目で見ていた。陽はもう西に傾きかけていたけれど、それでも背中から一どきに汗が噴き出した。少し歩いたところに神社を見つけると、私は境内に入り、玉砂利の上にしゃがみ込んで泣いた。泣かずにはいられなかった。何度もしゃくりあげながら、私は自分の胸に誓っていた。もう絶対に彼を放しはしない——永遠に、とその時は思っていました。

恋には駆け引きがつきものだという。でも、本当にそうなのだろうか？　誘いたいのだけれど断られたらどうしようかとか、些細《ささい》な用件を持ち出して誘いの言葉を待つといった、恋の初めに味わうあの切なさを私は思い出すことができない。残されていた時間がわずかなことから、私たちはかなり急《せ》いた気持ちでいたのだと思う。

その二日後、私たちは京都ホテルのロビーで待ち合わせました。河原町御池に建つその古いホテルは、私の中で京都の記憶と深く結びついている。祇園祭の花笠《はながさ》巡行が行われていたせいか、京都の街はとても賑《にぎ》わっていたし、ロビーにも大勢の人がいました。

臼井さんは先に来て、フロント係の男性と話をしていました。私の姿に気づくと、彼はその人を連れてきて、「前からお世話になっている人」とだけ説明しました。

「万博のおかげで嬉《うれ》しい悲鳴をあげております」

フロント係の男性は、そんなことを言いながら私たちをバーに案内してくれました。開店までにまだずいぶん時間があったけれど、この男性の好意で私たちはその日の最初の客になることができたのです。

フロント係が声をかけると、奥から年配のバーテンが出てきて、慇懃《いんぎん》な口調で何にいたしますかと訊ねました。私が「ビールを」と答えると、「そうだった」と言って臼井さんは頷きました。でも、すぐに思い直したらしく、「やっぱりシャンパンにしよう」と言いました。バーテンはその注文が気に入ったらしく、いくつかの銘柄を挙げ、恭《うやうや》しい口調で説明を始めました。私はといえば、何もかもがすっかり気に入っていました。バーは古い造りで天井が高く、カウンターの椅子《いす》に腰かけただけで夢見心地でした。座り心地がいいと話すと、谷崎潤一郎が座った席だとバーテンが教えてくれた。彼にもシャンパンを勧め、私たちは三人で乾杯しました。グラスの泡を眺めながら、この日からまた別の生活が始まるのだという気がしていた。

私はポーランドの話をしてほしいと彼に頼みました。臼井さんはワルシャワの旧市街やいくつかの地方都市の説明をしてくれたのだけれど、それは次に私に話をさせるためだったのだと思う。といって、彼は私に根掘り葉掘り何かを訊ねたわけではありません。そのバーで臼井さんが私にした質問は一つだけ、「どうして万博のコンパニオンになったの？」というものでした。私は「結婚する前に羽根を伸ばしたかったからら」と答えました。正確な答えではなかったけれど、まったくの嘘《うそ》というわけでもなかった。

怪訝《けげん》な顔をする彼に、私は許婚《いいなずけ》がいることを告げました。この話は誰をも驚かせたし、臼井さんも弾かれたように私の方を見ました。もう少し驚かせてみたくて、私は大学に入学したあたりの事情から話し始めました。でも、途中から他人の話をしているように思えたのはなぜだろう？　もっと聞かせてほしいと言う彼に、私は「どこまで遡《さかのぼ》ればいいの？」と訊ねました。どこまでも、遡れるだけ。それが彼の答えでした。私はシャンパンを飲みながら、遡れるだけ遡ってみました。その時は、彼が私の話を聞こうとしてくれていることがただ嬉しかった。

わざわざ「長くなるかもしれない」と前置きをして始めたのに、私の話は五分かそこらで終わってしまった。今度は紛れもなく自分自身の物語だという気がしたものの、そのあっけなさが何だか少し恥ずかしかった。でも、それまでの私の人生なんて、要約すればせいぜい五分程度のものだったのかもしれない。

彼は私の話をどんなふうに受け止めたのだろう？　しばらくの間はそのことばかりが気になっていました。臼井さんは何も言わずに私の話を聞いていたし、許婚がどんな人なのかとも訊ねませんでした。そのことを少し不満に思った私は、どうにかして彼の心を掻《か》き乱してやりたくなった。祖父のことを話したらどんな反応をするだろう？　よほどその話をしようかと思ったけれど、結局、最後まで言い出せなかった。

「どうして万博の仕事をお辞めになったの？」

そう訊ねると、彼は「嫌になったから」とだけ答えました。納得のいく答えではなかったけれど、私は深入りするのも、よけいな質問をするのもやめにしました。

シャンパンをひと瓶空け、ウイスキーを何杯か飲んでからホテルを出ても、外にはまだ陽が残っていました。臼井さんはあまりお酒が強くなかったし、飲むとすぐに顔に出る性質《たち》でした。でも、どこに行こうかと訊ねられ、「下鴨神社」と答えたのだから私も少し酔っていたのかもしれない。

私たちはタクシーで下鴨神社へ行き、「糺《ただす》の森」と呼ばれる境内を散歩しました。葵《あおい》祭の舞台にもなっているこの森には、ケヤキやムクノキなど二十メートルはありそうな高木が多く、森の中には幾筋もの小川が流れていました。

「たまに本を読みに行く場所がある」

彼にそう聞かされ、そこまで歩いてみることにしたのだけれど、下ろしたてのハイヒールを履いていたせいか、あちこちで躓《つまず》いてしまった。きっと私は、高い木に登って困っている猫のように見えたに違いない。臼井さんは笑いながら私の腰に右手を回した。その時、初めて彼の匂《にお》いを嗅《か》いだ。煙草《たばこ》とアルコール、それに汗が混じった、紛れもない男の匂いだった。その匂いに胸を掻きむしられて、私は何も言えなくなってしまった。でも、もう話をする必要なんかなかった。私たちはすぐ近くの木の陰で最初のキスをした。事の成り行きが性急すぎるような気がしたけれど、次に歩き出した時、私はもう別の木を探していた。カラスが鳴き、陽が落ちかけた森は広大で、身を隠すのに手頃な木はいくらでもあった。私たちは木々の間を移動し、何遍も何遍もキスをした。彼に抱きすくめられるたびに電流に触れたようなショックを受け、動悸《どうき》と息苦しさとで私はひどく消耗した。あんなにもうろたえ、ぐったりとし、同時に満たされたことはなかった。それまでの私は、水気を失ってしおれかけた花みたいなものだった。私はそれを周囲に生い茂って養分を奪う雑草のせいにしてきたけれど、事実はまるで違っていた。私は必要なだけの水を与えられたことが一度もなかったのだ。何百万人もの中から、自分にふさわしいたった一人だけの人を見つけた。ふいにそう思い当たり、どうしようもなく泣けてきた。これは何かの間違いか、そうでなければ奇跡だと思った。

あの時、私は一体何本の木を背にしただろう？　木々の間を通り抜けながら、すっかり上気した気分で私は彼の腕にしがみついていた。本堂の近くで、犬を連れた四十歳くらいの女たちに出食わしたのを憶えている。多少ばつの悪い思いで会釈《えしやく》をしたもものの、向こうは視線を合わせようともしなかった。しばらくすると、後ろの方から「アベック」という声が聞こえてきた。その声には非難めいた調子が込められていたけれど、私は気にもしなかった。あの女たちはきっと不幸なのだ。胸の内でそう呟《つぶや》いた時、二十三年間の孤独が見る間に癒《いや》されていくのがわかった。

10

一九七〇年の夏は楽しく始まったものの、八月に入ると様々な試練が、いち時にやってきたように思えました。

まず年嵩《としかさ》のホステスに呼び出され、あれこれと注意を受けました。門限よりも終電の時間を気にしていたのだから注意程度で済んだのはありがたいくらいのものでしたが、彼女の説教臭い話し方が私の癇《かん》に障《さわ》った。この人は中学生の子供を持つ母親であり、そのせいか自分の娘に諭すような口調で話すのです。

臼井さんは、このホステスのことを「人的ネットワークのおばさん」と呼んでいました。彼女は働く女性の代表といったトーンで何度も新聞に登場していたのです。オリンピックでもあるまいし、働く女性の代表など存在するはずもないのに、本人はすっかりその気で、関西の財界人たちとの付き合いを「人的ネットワーク」だとか、「得難い財産」などと表現していました。そんな記事は誰も読まないのだから放っておけばいいようなものだけれど、中学生並に扱われて私は無性に腹が立ったのです。

「わかりましたね」

何度目かの念を押された私は、頷《うなず》く代わりに唇をきっと結びました。それを見て、若い頃、アナウンサーをしていたという彼女はいっそう多弁になりました。

「一つだけ申し上げてもいいでしょうか」話が一段落したところで、私はそう言いました。

「何ですか？」

「門限を遵守《じゅんしゅ》していては、なかなか人的ネットワークが広がりません」

それを聞いて、彼女は喉《のど》のあたりをぴくぴくと震わせました。ちょうどそのあたりに、じきに四十になる女の年齢が見え隠れした。

「あとひと月半ですから、自分の務めだけは果たしなさい」

裏返った声でそう言うと、彼女は勢いよく席を立ちました。その拍子にテーブルの端にぶつかり、コップの水が飛び跳ねるのを見て、つい笑ってしまった。思えば、それが私の試練の始まりでした。

それ以来、彼女は私に会うと、あからさまに顔をそむけるようになりました。無理もなかったと思う。私だって、私のような女に会えば、きっと腹を立てていたに違いありません。でも、彼女はそのへんの女よりもずっと執念深かった。素知らぬ顔で会釈をする私のことがよほど憎らしかったらしく、あちこちで私の悪口を触れ回ったばかりか、世田谷の実家にまで電話をかけていたのです。

最初のうちこそ、四十女の年甲斐《としがい》もない振る舞いを面白がっていたのだけれど、自分が同僚たちからも敬遠されているらしいことを感じ取ると、面白がってばかりもいられなくなりました。何人かのホステスは明らかに私を避けていたし、私が加わると賑《にぎ》やかだった食事時の会話もどこか滞りがちになるのです。やがて協会本部の人たちからも似たような注意を受け、両親からも頻繁に電話がかかってくるようになりました。電話口で父の小言を聞きながら、私は生まれて初めてアウトサイダーになった自分に気づきました。奇妙なもので、こうなると石蹴《いしけ》り遊びをしている見ず知らずの小さな子までが、その目で私を非難しているように思えてくるのです。

生活態度もさることながら、父が心配していたのは許婚《いいなずけ》に対する私の態度でした。許婚が電話をかけてくる土曜日の夜、私はたいがい外出していたし、雨宮さんに頼んで居留守を使うこともありました。そのうち、彼は日曜日に電話をかけてくるようになりました。この電話もすっぽかすと、火曜日か水曜日に手紙が届くのです。

手紙には三十歳になった彼の不安が遠慮がちに記されていました。特に珍しいことではありません。彼はいつだって私に遠慮していたのです。相変わらず私のことを

「貴女」と書いているのを見て、つくづく人というのは変わらないものだと思いました。高二の時に初めて受け取った手紙にも同じ言葉が使われていたのです。十七歳にして私はすでに貴女であり、幸か不幸か、二十三歳になったいまも貴女のままなのでした。

最初にもらった手紙のことはいまでもよく憶《おぼ》えています。それにはこう書かれていました。

「貴女が文系を志望していると聞き、畑違いの私もこのところ書店で時間を過ごすことが多くなりました」

色々と苦心の跡が窺《うかが》える文面でしたが、手紙を読み終えた私はぼんやりとした違和感を覚えたものです。どうしてそんなふうに感じたのか、十七歳だった私にはわからなかったけれど、いまならこう言うことができます。無害な人間にかかわって無益な生涯を過ごしてほしくないから、あなたには敢《あ》えてこう言いましょう。女に宛《あ》てた手紙で自分のことを私と表現するような男は、それだけで男としては失格なのです。ましてや相手の女を貴女などと書いて平気でいられる男など初めからお呼びではないのです。男が女を、女が男を得ようとする時には、もっと深い、もっと情熱的な本能が必要なのです。何かの根拠があって言うのではなく、これは私の独断です。それでも私は、あなたがこの同じ感覚を共有してくれていると信じたい。

八月初旬の夜、私は許婚に手紙を書きました。生涯で、あれほど率直な手紙を書いたことはなかった。便箋《びんせん》にして三枚ほど――長い下書きを切り詰めると、あとに残ったのはどれも直截《ちょくせつ》な言葉ばかりでした。

書き上げたものの、投函《とうかん》する決心がつかずにいると、十時頃、雨宮さんが仕事から戻ってきました。私は強引に彼女を外へ連れ出し、まだ灯りの点《つ》いていた食堂に入りました。私の気まぐれにすっかり慣らされていた雨宮さんは、なぜビールを飲まされるのかもわからないまま、少しだけグラスの端に口をつけました。いつものように、彼女はその日に起きた他愛《たわい》もない出来事のいくつかを口にしました。適当に相槌《あいづち》を打っていたけれど、私はろくに聞いてもいなかった。食堂を出ると、少し遠回りをして駅前のポストに手紙を投函しました。そんなふうにして、私はあっさりと彼を捨てた。後悔もしなかったし、罪悪感もありませんでした。私の頭にあったのは両親のことだけでした。じきに両親が大阪へやってくる。そう思っただけで、たまらなく憂鬱《ゆううつ》になった。

寮に戻って一階のロビーから臼井さんに電話をかけたものの、彼は留守でした。いつも時間に追い立てられているような人だったから、三度目の電話でやっと捕まえた時にはもう真夜中になっていました。

「外国からお客さんが来ていてね」

不在の理由を訊《たず》ねると、臼井さんはそう言いました。お酒が入っているらしく、彼は珍しく饒舌《じょうぜつ》で、訊《き》いてもいないのに二百ドルもチップをもらったと言いました。

「新大陸の連中相手のガイドはいい金になる。彼ら、メイフラワーよりも古いものだったら何でもありがたがるから。でも、何も分かってないんだ。銀閣寺に連れて行ったら、誰が住んでいるのかと訊かれたよ」

臼井さんは話しながらくすくすと笑いました。酔ってそんなことを言う彼が何だか憎らしかった。

「臼井さん、私、そんな話を聞きたくてかけているんじゃないの。どうしても話しておきたいことがあって、もう何度も電話したのよ」

「ああ、そうか。悪かった。どんな話？」

「もうすぐ両親が大阪に来ると思うの」

「大阪に？　万博でも観《み》にくるの？」

「うちの両親は万博には何の興味も持っていないわ。きっと会場にも寄らないと思う。

特に父は、許婚と私の仲を修復させること以外には何の目的も持っていないはずよ」

「修復？」

「ええ、許婚に手紙を出したの」

それを聞いて、彼の酔いも少し醒《さ》めたようでした。

「それで、ご両親はいつ頃やってくるの？」

「多分、一週間もしないうちに来ると思う」

「それは急だな」

「両親に会ってくれる？」

「ああ、うん。でも、その前にもう少しご両親のことを聞かせてくれないか」

「ええ、そうね。そもそも許婚がいるなんて、いま時にしてはおかしな話ですものね」

「それは、そうだ」

臼井さんの口調からそれまでの磊落《らいらく》な調子が消え去ったことに満足して、私は彼を許す気になりました。それから私は両親のこと、とりわけ父のことを話し、さらに戦犯として処刑された祖父のことにも触れました。話しながら、ひどく胸がどきどきした。自分から祖父の話をしたのはこの時が初めてでした。

臼井さんは短い相槌を打つだけで、何も言わずに聞いていました。話が済むと、彼はしばらく黙り込んでしまった。私は何度か、「臼井さん」と呼びかけました。電話口を離れてしまったのではないかと疑い始めた頃になって、彼はやっと「ああ」と応じました。

「万博が終わったら、私は成美さんのお店を手伝いながら自分に合った仕事を探すつもりよ」

そう言っても、相変わらず彼は黙ったままでした。夜中の一時過ぎで、しんと静まり返ったロビーにエアコンの音だけが響いていました。

「臼井さん、本当に聞いているの？　何だか他の人と話しているみたいな気がする。私、京都に住みたいと言っているのよ」

「この話はまた明日にでもしないか。率直に言って、ご両親の許しを得る自信がない。それに、もう少し考えてみたい」

「考えてどうにかなることなの？」

「とにかく、考える」

自信がない——それは私とて同じでした。むしろ、私が聞きたかったのはそのあとの言葉でした。許しが得られなければどうするのか。父が私たちを許すはずのないことはわかりきっていただけに、電話口で黙り込んでしまう彼が私には歯がゆかった。

臼井さんという人を知って以来、私には気になることがいくつもありました。彼は大学院生にしては分不相応なほどにお金を持っていたし、昼間はいつも出歩いていて日曜日でも夜遅くでなければ部屋にいることはありませんでした。一年前に新車で買ったというベレットのオドメーターは二万キロを超していたし、話の内容から察するに、渡航歴の多さも際立《きわだ》っていたように思います。こうしたことから導き出される結論は一つしかないように思えました。

私は京都大学が関西における学生運動のメッカのようになっているのを知っていたし、彼にもきっとそうした過去や思想があるのだろうと思っていました。でも、そんなことは私には何でもないことでした。女にとって重要なのは相手の過去でも思想でもないし、両親の祝福ですらないということをどうして彼はわかってくれないのか。この時の私は、ただそんなふうに思って不満を募らせていたのです。

私たちはその翌日、大阪で会うことにしました。

「両親に会うのが何だか怖いわ」

時間と場所を決めたあとでそう言うと、彼は「怖がっているのは向こうも一緒だ」と言いました。

「まさか。父が私を怖がるはずがないわ」

「自分の子供を恐れていない親なんて、どこにもいないよ」

「あら、まるでお子さんがいらっしゃるみたいな口ぶりね。結婚もしていないのに、どうしてそんなことが断言できるの？」

「わざわざ子供を作らなくても、親の身になって考えてみればわかる。浮き浮きしながら大阪にやって来ると思うか」

「でも、うちの両親はどうなのかしら」

「心配で、不安で、怖くて仕方がないはずだよ。親なんて、いつだって子供に対してびくびくしているものだ」

言われてみればそんな気がしたし、そう思いたい気持ちもあって、私は「そうかもね」と答えました。

「ねえ、うちの両親が帰ったら、車で海に連れていってよ。私、何だか海に行ってみたくなった」

「ああ、いいね」

「成美さんたちも誘いましょうか」

「あいつらは電車にでも乗っていけばいいさ」

思いつきを口にしてみただけなのに、そうと決まるとすぐにでも出かけたくなりました。臼井さんが海辺のホテルを予約すると言うので、私は外泊許可を取ることにし、しばらくの間、門限を守ることに決めました。計画の細部について話していると、懐中電灯を持った管理人が廊下に出てきました。赤ら顔の元警察官は、電話機の前にしゃがみ込んでいる私を不思議そうな目で見下ろしました。この人も私のことをマークしているのだろうか？　少し心配になって、「長電話をして申し訳ありません」と声をかけると、彼は何でもないというふうに首を振りました。

つい一時間前までは憂鬱で仕方がなかったのに、電話を切った時にはもう何もかもが済んでしまったような気分でした。水着を買いに明日にでも梅田の百貨店へ行こう。そう決めた私は、エレベーターの中でビーチボーイズを口ずさんでいました。どんな水着を買おうかと、この時はそのことだけを考えていました。

あなたの祖父母が大阪へやってきたのは、それから三、四日たった夜でした。二人は到着の日時も知らせず、大阪城に近い小さな旅館から寮に電話をかけてよこしました。

その晩は珍しく強い風が吹いていました。住所を頼りに迷いながら歩いているうち、強風で髪がすっかり乱れてしまった。これではまるで不良娘のような印象を与えてしまう。人気のない道を歩きながら、私はそんな心配をしている自分を面白がっていました。

旅館の裏手に辿《たど》り着いたのは八時過ぎでした。両親が泊まっていたのは旅館ではなく、広い庭といくつもの部屋を持つ古い民家でした。そこはだいぶ前に亡《な》くなったある代議士の自宅で、万博の期間中だけ業者が借り上げていたのです。

白壁の塀に沿って正面玄関の方に回ると、父の横顔が見えました。居ても立ってもいられなかったらしく、彼は門前で私を待ち構えていたのです。風に乱された髪がずいぶん白くなっているのを見て、私は胸を衝《つ》かれました。父は緩慢に進行する癌《がん》細胞と闘いながら、それから四年と少しして亡くなったのですが、父親というと、私は真っ先にあの晩の彼の姿を思い出すのです。真夏だというのにスーツにネクタイを締め、道路の方を睨《にら》みつけていた父は、私が許婚に出した手紙をきつく握り締めていました。無言で父の横に立つと、父はその手紙で私の頰を叩《たた》きました。父にぶたれたのは、その時が最初で最後です。もっとつよくぶたれることを望んでいたのだけれど、気持ちの優しい父にはあれで精一杯だったのだと思う。

古い造りの八畳間で向かい合うと、父は五反田にある許婚の家へ謝罪に行った時のことを話しました。亨《とおる》くんは――それが許婚だった人の名前です――すっかりふさぎ込んでしまっていたけれど、みんなで励まして気持ちをもとに戻してもらったから安心していい。父はそんなことを言いました。気落ちしたあまり、亨くんは夏休みの研究合宿も休みたいと話していたそうです。

亨くん、か。その名前を遠い気持ちで聞きながら、象牙《ぞうげ》の塔以外には居場所もないだろう彼のことを思い、私の心は虚《うつ》ろに渇いていくのでした。

話をするのはもっぱら父で、いつものように、母は黙って苦痛に耐えているように見えました。これを一種の通過儀礼と受け止めることにした私は、特に反論するでもなく父の話を聞いていました。父は年代物のテーブルの上に両手を置き、真正面から私を見据えようとしていたけれど、その視線はひっきりなしに私の頭上へ向けられました。そんなふうに落ち着かなげな視線を宙に走らせるのは、昔から何か同意しかねることに遭遇した時と決まっていました。子供の頃は、そんな父の眼差《まなざ》しを恐れていたものだけれど、この時の私には、それも彼の弱さの表れとしか映らなくなっていたのです。

私を説き伏せる言葉を見つけられずに、父は何度も口ごもりました。それでも、私が何か言いかけると手で制し、またしても亨くんや亨くんの両親の話をし始めるのです。そして服装が派手になったとか、なぜ恩を仇《あだ》で返すような娘になってしまったのかと嘆くのです。思うに、父は私が何を訴えようとしているのかを知っていたのです。だからこそ、私に決定的な言葉を言わせまいとして話し続けていたのでしょう。

何も言うことがなくなると、父は私が書いた手紙を灰皿の上で燃やしました。しばらくの間、私たちは丸められた便箋が躍るように焼け焦《こ》げていくのを眺めていました。思ったよりも炎が高く上がり、部屋中に白い煙が充満すると、母が立って窓を開けました。

「蟬《せみ》の声がすごいわね」

それが久しぶりに会った母の第一声でした。母は網戸越しに外を見渡し、溜息《ためいき》とも深呼吸ともつかない長い息を洩《も》らしました。

「お前が住んでいるところもこうなの？」

「私は十一階に住んでいるのよ。蟬の声なんか聞こえないわ」

「ああ、そうだったね」

「よかったら明日にでも来て。会場を案内するから」

「私はよしておく。テレビで観たら、上野の駅みたいに混雑していたもの。お父さんはどうされます？」

父は面倒臭そうに首を振り、「五反田の家では」と言いかけて、また口をつぐみました。柱時計の鐘が一つ鳴り、「もう九時半ですよ」と母が言うと、父は小さく頷《うなず》きました。その時、私は初めて真正面から父を見据えました。臼井さんの話をするならいまだと思ったのですが、すぐには言い出せませんでした。許婚《いいなずけ》の家でよほど辛《つら》い思いをしたらしく、父がひどくしょんぼりしているように見えたのです。

「もう遅いから、今日は帰りなさい」

新しいお茶を勧めながら、母はそう言いました。私は黙ったままで首を振りました。体調を崩してはいないか、何か必要なものはないか――母にそう訊ねられた時、急に涙がこぼれました。

「早く帰れ」ボールペンの先で、灰になった便箋を潰《つぶ》しながら父は言いました。「東京に仕事を残してきているから、こっちも明日には帰る」

「お父さん、それなら一つだけ聞いて」

「聞く必要はない。帰れ」

「聞いてくれなくても話します。私には好きな人がいます。お父さんが反対される気持ちはよくわかります。私も亨さんには申し訳ないことをしたと思っています。でも、どうしようもないんです」

それから私は、かなり支離滅裂な言葉で臼井さんのことを話しました。とても有望な学者の卵で、本人にはその気はないけれど、中央官庁から万博に派遣されてきている人の中には彼を外交官に推す人もいる。彼は何ヵ国語も話せて、色々な国に旅していて、誰からも一目置かれていて……話しながら私は泣きじゃくっていました。

「お父さんが言うように、亨さんは立派な人だと思います。でも私は、立派な人が好きなわけではないんです。昔の人のように、好きでもない人を努力して好きになれるとは思いません。そんな人と一緒になって、何十年も火の消えたような生活をするなんて私には我慢できない。それでもお父さんは、私にそういう生活をしろというのですか。お父さんが謝りに行ってくれて、五反田の家の人たちは私を許してくれたというけれど、あの人たちは私の何を許してくれたのですか。私が亨さんを好きではないことを、その上で結婚することを許してくれたのですか。そんなの、嘘《うそ》です」

父がどんな顔をして聞いていたのか、私には分からない。話しながら、ずっとテーブルに突っ伏していたから。

何とか私を翻意させようと、父は翌日も滞在して頑張ったのですが、話し合いはどこまでも平行線を辿りました。最後の日には、それでも三人でロイヤルホテルに出かけました。ホテルのレストランで、私はもう一度臼井さんのことを話しました。慣れないフォークとナイフを使いながら、両親は黙って私の話を聞いていました。私の切り札は臼井さんその人だったのだけれど、父が会うことを拒んだので彼の出番はありませんでした。

父は、万博が終わったら一週間の猶予《ゆうよ》をやるから全《すべ》てを清算して東京に戻ってくるようにと言い残し、大阪を見たいと言う母を残して帰京しました。父は反対したものの、この時、母は珍しく自分の意見を通して大阪に残ることにしたのです。

私には母が一人で残ることが意外でもあり、また恐ろしくもありました。母は旧《ふる》い家の出で、戦時中に栃木へ疎開《そかい》していたのを別にすれば、それまで一度も東京を離れたことのない人でした。その東京も、母にとっては世田谷のある狭い一角だけを意味するのであって、それ以外の場所は「ベトナムと一緒」だったのです。

あなたは、おばあちゃんのことをどの程度憶《おぼ》えているだろう？　十歳にもならないうちに死に別れてしまったから、怖い人という印象しか持っていないかもしれない。もしそうだとしたら、私はとても残念に思う。父が亡くなった後、母は内にこもりがちになり、確かにひどく依怙地《いこじ》になってしまった。でも、そうなったのも半分は私のせいであり、本当はとても心優しい人だったのだということも知っておいてほしい。

母はそれから同じ宿に二泊しました。大阪を見たいと言いながら、ずっと宿にこもりきっていた母が、「せっかくだから京都に寄ってから帰りたい」と言ったのは最後の夜でした。それは直截《ちょくせつ》な物言いを嫌う彼女独特の表現で、臼井さんに会ってみたいという意味なのです。私はその申し出を喜びました。わかりやすく言えば、臼井さんは自慢の彼だったし、京都の町も母の心を落ち着かせてくれるだろうと思ったのです。

その晩、私は母の宿に泊まって夜が更《ふ》けるまで臼井さんのことを話しました。子供の頃を別にすれば、母娘《おやこ》であんなに話をしたことはありませんでした。

「彼は、そうね。ムーミンに出てくるスナフキンみたいな人よ」

そう話しても、母はムーミンを知らないらしく、いちいち説明しなければなりませんでした。嬉《うれ》しくてたまらないくせに、話しながら私はまた泣き出しそうになっていました。そんな私を不憫《ふびん》に思ったのか、十二時を回った頃には母も少し涙ぐんでいるように見えました。

「彼は学生運動をしていたのかもしれない」

寝入る前に、私は思いきってそう言ってみました。ところが母は、「あれははしかのようなものだ」と前置きして意外な話をしました。

私が生まれた時、巣鴨プリズンに収容されていた祖父のもとへ初孫の誕生を報告に出かけた父が、帰宅後、母にこう告げたというのです。

「女児であれば、裕仁陛下からひと文字戴《いただ》いて裕美とせよ、ということだった」

父は命ぜられるまま、私に裕美と名づけようとしたものの、母がそれに強く反対して直美にしたというのです。

「その名前にするのなら、私は実家へ帰りますとまで言ったんだよ。話しながら、自分は何てことを言っているのかと思った。実家に戻ったって、私の居場所なんかありゃしないっていうのにさ」

それでも祖父の意向は絶対だったから、祖父が亡くなるまでの短い間、あなたは裕美と呼ばれていたのだと母は言いました。意外というよりも、ちょっと信じられないような話でした。

母は自分の言葉を持っている人でした。どきどきしながら反対した理由を訊《たず》ねると、

「戦争というのも、あれも一つの病気だから」と母は答えました。

翌日、私は母を連れて南禅寺へ向かいました。蒸し暑い日だったにもかかわらず、駐車場には数台の観光バスが停まり、万博帰りらしい人たちで境内は大変な賑《にぎ》わいでした。

臼井さんとは山門の前で待ち合わせました。母は時間に厳しい人だったから、約束

した十時になっても彼の姿が見えないことに私は少し慌《あわ》てていました。でもそれは、私が近眼になりかけていたせいだったのかもしれません。

先に彼を見つけたのは母の方でした。

「あの人かい？」

母の視線の先を追うと、観光客たちの間をくぐり抜けて臼井さんが小走りにやってくるのが見えました。すっかり変身した彼を見て、私はとりのぼせてしまった。臼井さんは髪を短くして、グレーのスーツを着ていました。私たちの五メートルほど手前で立ち止まり、生真面目《きまじめ》な顔で頭を下げる彼を見て、母は「まあ」と呟《つぶや》きました。その呟きは私には感嘆のように聞こえました。

母と私は、臼井さんの案内で境内を歩きました。彼はお寺の由来を説明し、大学院での専攻分野のことをかいつまんで話しました。落ち着いていたし、話し口調もなめらかで、いつもながらの彼でした。一緒に歩きながら、母はしきりに臼井さんの説明に頷いていました。二人の背中を見ながら、私はその三歩ほど後を歩きました。

私たちは境内を通り抜け、琵琶湖疏水《びわこそすい》沿いに続く小径《こみち》を北へ歩きました。修学旅行のようなコースだったけれど、初めて京都に来た母はこの散歩道が気に入ったらしく、日傘を高く差しながら臼井さんに何か訊ねていました。二人は三十センチくらいも身長差があり、母に何か訊《き》かれるたびに、臼井さんはお辞儀でもするみたいに背中を丸めました。蟬の声にかき消されて話し声は聞こえなかったけれど、母がこの散歩を楽しんでいるのは明らかでした。

「春になったら、もう一度ここへ来てみようか」

母は小径の途中で振り返り、私にそう言いました。

「春に？　どうして？」

「桜がとても綺麗《きれい》なんですって。お前も桜のトンネルをくぐり抜けてみたくないかい」

「うん。でも、その前に紅葉も見てみたい」

「欲ばったことを言っちゃいけないよ」

母は楽しそうに笑い、臼井さんに上着を脱ぐようにと言いました。こんなにも機嫌よく振る舞う母を見たのは久しぶりのことでした。

散歩道には観光客の姿もほとんどなく、うまい具合に木々が直射日光をさえぎってくれていました。それでも真夏の太陽は強烈でした。臼井さんは上着を脱ぎ、母が差し出したハンカチで額に吹き出た汗を拭《ぬぐ》いました。疎水にかかる小橋の真ん中で、白い猫が気持ちよさそうに眠っていたのを憶えている。私はその猫のように幸福でした。

耳に入るのは蟬の鳴き声と疎水のせせらぎだけで、他のあらゆるものが暑さの中で沈黙させられているように思えました。そして私は、他でもない、その沈黙の中に幸福を感じていたのです。

法然院のだいぶ手前で左に折れ、坂を下ったところにある小さな割烹《かっぽう》に三人で入りました。蟬の鳴き声を聞きながら、一番奥の座敷で京料理を食べ、少しだけビールを飲みました。母は出生地や両親に関する質問を二、三しただけで、あとは黙って彼の話を聞いていました。臼井さんは法然院の説明をし、明け方の境内がいかに美しいかについて語っていたように思う。話が済むと、母はビールを追加し、珍しく自分でもコップ一杯分のビールを飲みました。アルコールに身体《からだ》が驚いたらしく、母は頰を上気させ、何度も目をしばたたかせていました。

「あれをごらんよ」

そう言って母は窓の外を指差しました。指差したのは少し離れた場所にある竹林でした。荻窪《おぎくぼ》の母の実家にも立派な竹林があったから、きっと生まれ育った家のことを思い出していたのでしょう。

「あれを見て、私は本当に京都に来たんだという気がした」

「確かに、見事な竹林ですね」と臼井さんも応じました。

「ええ、ずっとそう思いながら眺めていました。臼井さん、おかげさまで今日は楽しく過ごすことができました。あなたに感謝します。こんなことはもう何年もなかったことです。今日一日で、私はすっかり京都が好きになりました」

「今日一日とおっしゃらず、何度でもいらしてください」

「ありがとう。本当にありがとう」

二時過ぎの新幹線に乗る母のために臼井さんがタクシーを拾いに行くと、私は母とその竹林の中を散歩しました。子供の頃、母の実家に行くたびに祖母がかぐや姫の話をしてくれたことを思い出し、その話をしてみたのだけれど、母は何か別のことに気を取られているようでした。

竹林の中で、私は臼井さんの印象を訊ねてみました。でも、母はまだぼんやりとしていて、私は同じ質問を繰り返す羽目になりました。

「痩《や》せている割に指が太い人だね」

それはいかにも琴のお師匠さんらしい感想でした。指の形や動きに目が行くのも職業柄だろうと理解しつつも、私は何だか不満で「それだけなの」と言いました。母は笑って、なかなか答えようとしなかったけれど、最後にはこう言いました。

「あの人は、もっと話をしていたいと思わせる人だ。そんな人は、いるようでなかなかいない。……このくらいでいいかい」

「それでいい。私もいつもそう思っているから」

「万博が終わったら、すぐに帰っておいで。昔みたいに三人でどこかへ旅行しよう。お父さんには、その時に話せばいい。大丈夫、最後にはきっとわかってくれるよ」

「そうします」

それから、母はまた黙り込みました。どうしたのかと訊くと、母は顔を歪《ゆが》め、いまにも泣き出しそうな顔をしました。

「直美、お前に一つだけ言っておきたいことがある。きっと知っているだろうけれど、どうしてもいま言っておきたいんだよ」

「何ですか」

「お父さんも私も、ずっとお前に夢中だったんだよ。お前が大阪へ行ってしまってから、私たちはどうやって毎日を過ごせばいいのか見当もつかなかった。毎晩、お父さんと二人でお前のことを話した。いま頃どうしているだろうかとか、ちゃんとご飯を食べているだろうかとか、そんなこと、話したってしょうがないのに、それでもお前のことを話さない日は一日もなかった。だって、私たちにはお前しかいないんだもの」

話しながら、母はぽろぽろと涙をこぼしました。すぐ横で聞いていた私も似たようなものでした。母はハンカチを使いながら続けました。

「お父さんはね、本当はもう亭さんになんかこだわっちゃいない。いまはただ、できたらお前に近くに住んでいてほしいと思っているだけさ。でも、お前はそんなことを気にかける必要はない。もういいんだよ。考えてみれば、この半年間、お前がいなくなった時の準備をしていたようなものさ。大丈夫、私たちは二人だけで何とかやっていけるよ」

やがて竹林の外れにタクシーが停まり、後部ドアから臼井さんが降り立ちました。異変に気づいたらしく、彼はこちらに背を向け、しばらく運転手と話をしていました。そんな彼を見ながら、「いつかまた、一緒にここに来られたらいいね」と母は言いました。それを聞いて、私は声をあげて泣いた。父と母が過ごした長い夜のことを思って、どうしようもなく泣けた。

京都駅までの道はひどく渋滞していました。新幹線の時間を告げると、運転手は腕時計に目をやり、慌てた様子で進路を変えました。細い抜け道を走ったものの、何度目かの赤信号に引っかかると、運転手は「間に合わないかもしれない」と言いました。

やっとのことで駅に着き、大急ぎで階段を駆け昇ると、ちょうど母の乗る新幹線がホームに入ってきたところでした。

母の乗る車両を探していると、そこへ紺色のサマースーツを着た成美さんが駆け込んできました。ホームの上を何度も行き来したらしく、彼女は肩で息をし、すぐには口がきけないほどでした。ドア口で母を紹介すると、成美さんは風呂敷《ふろしき》に包んだ大きな木箱を差し出し、さらに自分で作ってきたという夕食を母に手渡しました。母が遠慮している間もなく、発車のブザーが鳴りました。

「兄をよろしくお願いします」

成美さんは母の手を取ってそう繰り返し、新幹線がホームを離れるまで何度も母に頭を下げました。ほんの一分かそこらのことでしたが、彼女の振る舞いに母は強い印象を受けたようでした。

それから一週間ほどして、成美さんから電話があり、東京から小包が届いたと聞かされました。差出人は父で、開けてみると、和光の包装紙に包まれたオメガの腕時計が入っていたというのです。彼女は百貨店で同じ時計の値段を見てきたと話し、ひどく恐縮していました。私はその時計を見せてほしいと頼み、祇園の店で会う約束をしました。電話での短いやり取りの最後に、成美さんは「大事な話がある」と私に言いました。いえ、そうではなくて、単に「話したいことがある」と言っただけなのかもしれません。

いずれにせよ、約束した日に彼女に会いに行くことはできませんでした。何の用事があったのか、どうしても思い出せないのだけれど、十円玉を何枚か用意した上で成美さんにキャンセルの電話をかけたことだけは憶えている。私たちは、その電話で日にちの調整をし、事前に電話をした上でもう一度会うことにした――のだろうか。手帳の九月三日の欄に「電話をしてから」とあるのは、そういう意味だったのかもしれないし、まるで別のことだったのかもしれません。

私がこうしたことにこだわるのは、あの時、何かとても大事なものを見過ごしてしまっていたという思いがあるからです。それが何であったのか私にはわからない。成美さんとはその後も何度か電話で話をしたけれど、この先いつでも会えるのだという思いもあって、私は強いて彼女に会おうとはしませんでした。そのせいか、何かを見過ごしてしまったという意識はいまも消えることはありません。

11

八月の末、私たちは約束通り須磨海岸へ行きました。海水浴に出かけたのは中学の時以来でした。何を思ったのか、私は黄色い水着を買ってしまい、ひどく目立つのではないかと、海に着くまではそればかりが心配でした。

平日だったせいか、浜辺の賑《にぎ》わいはさほどでもなかったけれど、夏の太陽はこの時が盛りでした。私たちは国道沿いの店で揃《そろ》いのビーチサンダルを買い、松林の中を通り抜け、砂浜の上に寝転んでフランク・ザッパを聴いた。若い人が多かった。須磨の海岸はずいぶん細長く、前に雨宮さんと入った店がどのへんだったのか、最後まで見つけることができなかった。太陽がジリジリと音を立てているような午後で、タオルを敷いても痛いほどに砂が熱かった。二人とも身体《からだ》を焼こうとしていたけれど、あまりの暑さに浜辺には十分といられなかった。

舞鶴育ちの彼は、泳ぎが上手《うま》かった。私の方は体育の時間に身につけた平泳ぎが精一杯だった。それでも、できるだけ沖まで泳ぎ、堪《こら》えきれなくなると彼にしがみついた。恋人たちが海に来たがる理由がやっとわかった。私たちは、泡ぶくを吐き出しながら海の底の貝殻を拾った。生きている歓《よろこ》びにはちきれそうになり、水の中で何度も声にならない声をあげた。そのうち、急に彼の姿が見えなくなった。足がつかない場所だったので、飛び跳ねながら、大慌《おおあわ》てで彼の名を呼んだ。いよいよ苦しくなった時、彼が私の腰を持ち上げ、海の底で拾った貝殻を見せてくれた。私は彼の肩に摑《つか》まって息を弾ませた。肩のあたりの筋肉は硬く、まるで脈を打っているかのようだった。言葉にならない、闇雲《やみくも》な感情に駆り立てられて、私はいつまでも彼の肩にしがみついていた。何十年たっても、きっとこの日のことを思い出すだろう。温かい水の中で、私はそう感じていた。人生に何日もあるわけではない特別な一日、そう言っていい日だった。

二人で入った海の家の入り口に大きな鏡が立てかけられていたのを憶《おぼ》えている。近眼が進んでいた私は、鏡に映し出された自分たちの姿を見て、一瞬、この二人は誰なのだろうかと訝《いぶか》った。悪くないカップルだった。私は可愛《かわい》らしい顔をしていたし、無駄な贅肉《ぜいにく》は一つもなく、彼の横に立っても少しも見劣りがしないような気がした。見劣りがしないどころか、彼にふさわしい女は自分の他にはいないとさえ思った。そんなふうに思ったのは初めてだった。あの自信は一体どこから来ていたのだろう？

浜辺に戻ってビールを飲み、焼きそばを食べた。本当はカレーが食べたかったのだけれど、二人とも小銭を切らしていたので焼きそばで我慢した。小学生の頃に戻ったみたいだ、と彼が言った。彼が言うように、あの頃は十円玉が大金に見えたし、百貨店の食堂に入っただけで緊張したものだった。そんなどうでもいい発見さえもが楽しかった。私たちはうつ伏せに寝転がり、ラジカセに合わせて何曲も歌った。それから、もう一度海に入った。今度はもっと沖まで行ってみた。クラゲがいると脅かされ、途中で何度も彼にしがみついた。泳ぎたかったのではなく、私はただ彼にしがみつきたかっただけなのかもしれない。

翌朝は早くに目が覚めた。ホテルで朝食を済ませ、彼のベレットで大阪に戻った。その間、私はシートを倒してずっと眠っていた。時折、目を覚まして夏の雲を眺め、黙々と運転する彼を見上げた。彼はサングラスがよく似合っていた。この日も暑く、もうじき夏が終わるなんて思えないほどだった。夏ばかりでなく、何かの終わりが来るなんて、想像もできなかった。

千里の寮に着いたのは昼近くだった。大半の人はもう出勤しているはずだったけれど、用心して駅の近くで車を降りた。それなのに彼に手を振って何歩も歩かないうちに、顔見知りのホステスと目が合ってしまった。その時の、彼女の驚いたような顔が忘れられない。

少々ばつの悪い思いをしながら挨拶《あいさつ》を交わし、寮までの短い距離を一緒に歩いた。遅い夏休みをとって、たったいま九州の実家から戻ってきたばかりだと彼女は言った。一、二度口をきいたことがあるだけで、どうしても名前が思い出せなかったけれど、向こうは「直美さん」と私に呼びかけた。「直美さん、どちらに行かれてたの?」と。私はひやひやしながら「神戸に」とだけ答え、寮のエレベーターの前で彼女と別れた。


それから私は、別人になったように真面目《まじめ》に働いた。

早番の勤務日には七時前に起き、誰よりも早くインフォメーションセンターに入って開門を待った。外国人客の案内をし、迷子を安心させ、子供たちが差し出すノートにサインをした。求められるままに知らない人と握手をし、一緒に記念の写真に収まった。

あと二キロ痩《や》せようと思い、昼食はサンドイッチだけで済ませ、ほとんど休憩もとらずに働いた。周囲のホステスたちは、それを私の気まぐれと見なしていた。もちろん、気まぐれには違いなかったけれど、仕事の量が多すぎて休むことさえままならないというのが真相だった。

混雑のピークは夏休みだとばかり思っていたのに、九月に入ってからも客足は衰えず、五日には入場者数が最高の八十四万人に達した。協会本部の分析によれば、前売り券を使いきっていない人たちが閉幕前に大挙してやってきたためということだった。パビリオン前の行列は見慣れた光景だったけれど、この頃には会場内への入場までが制限され、入場するのにさえも一、二時間待ちというのが当たり前になっていた。

「今日は地面が見えなかった」

一日の終わりに、あるホステスがそう言って溜息《ためいき》をついていたのを思い出す。どこを見ても人、人、人だった。開門後は通路を歩くことさえままならず、昼食に出かけたまま、ブースに戻ってくることのできないホステスが続出した。周辺の交通も麻痺《まひ》してしまい、五日の夜は大勢の人が会場内で一夜を明かした。一九七〇年の、あの熱に浮かされたような騒動は一体何だったのだろう？　ある人が指摘したように、大阪万博はまさに昭和の御蔭《おかげ》参りだった。

12

九月に入ると不思議なことが起こりました。

午後十時半にゲートが閉じられると、会場内に散らばっていた職員やホステスたちが「お祭り広場」に集まって、遅くまで話をしたり、記念撮影をしたりするようになったのです。集まってきた人たちは、あれこれと慰労の言葉をかけ合い、「この博覧会は成功だった」と言って頷《うなず》き合っていました。どこで飲んでいたのか、職員の中にはお酒が入っている人もいました。一種の躁《そう》状態にあった彼らは、互いを誉《ほ》め合い、自分の働きにも興奮しているようでした。

誘われて、私も一度だけその輪の中に加わりました。ライトアップされた太陽の塔は美しく、あちこちで記念撮影のフラッシュが焚《た》かれました。撮影の輪には、外国人のホステスやプレスセンターに詰めていた記者たちも加わっていました。この時、見覚えのあるカメラマンが場所を決め、記念の写真を撮ってくれたのだけれど、そのうちの何枚かはいまも私の宝物です。

喧嘩《けんか》別れをしたホステスのリーダーから和解の握手を求められたのもこの時でした。

「あなたを自分の妹のように思って心配していたのよ」

まさかと思うような言葉に戸惑いながらも、私は右手を差し出し、彼女と一緒に記念の写真に収まりました。この人もきっとある種の熱に浮かされていたのだと思う。二人きりでの撮影が済むと、次々にホステスたちが集まってきて、結局、百人近くの集団で写真を撮ることになりました。あるホステスの「結婚したい」という叫び声に、どっと笑いが起きたのを憶えている。カメラマンは大勢いて、笑いが収まるまでに何度もシャッターが押されました。あの夜、私たちは一体何に興奮していたのだろう？最後のフラッシュが焚かれると、どこからともなく拍手が沸き起こり、それはいつまでも続きました。戦後の日本で、短期間にあれほど多くの写真が撮られた場所は他になかったのではないかと思う。

あの時の写真を見るたびに、残暑と熱気で汗ばんでいた九月の夜を思い出す。はしゃぎ過ぎたあまり、中には人工池に飛び込んだ女性までいたのです。私たちはアドレスを交換し合い、気の合った仲間同士で旅行の計画を立て、急にまた親密になってゆきました。正確な日付は憶えていないけれど、これが閉幕日である九月十三日の四、五日前のことだったと思う。忘れ難い出来事が起きたのは、その直後でした。

そう、あれは九月十日のことでした。

協会本部の人を対象にした謝恩会が企画され、プレゼントの買いつけ係になった私は、雨宮さんと二人で地下鉄に乗り、難波の高島屋へ行きました。

その日は平日でしたが、店内はかなり混み合っていました。昼過ぎまでかかって何とか人数分の買いつけを済ませると、私は雨宮さんを昼食に誘いました。

「直美さん、上の喫茶店で少し休みましょう」

私の言葉が耳に入らなかったのか、雨宮さんはそう言って、ずんずん歩き出しました。どんな些細《ささい》なことでも独り決めするような人ではなかったから、私は彼女の振る舞いに奇異なものを感じました。昇りのエスカレーターの途中で追いつき、もう一度食事をしようと言ってみたのだけれど、雨宮さんは黙ったままでした。普段とはどこか様子が違っていました。どちらかといえばはしゃぎ屋だった雨宮さんですが、その日はいつになく口数が少なかったのです。事情を訊《たず》ねてみようと思い、私は彼女のあとについて広いティールームに入りました。

「身体《からだ》の具合でも悪いの？」

窓際《まどぎわ》のテーブルで向かい合うと、私はそう訊ねました。

「いいえ、大丈夫。私は平気よ」

「それならいいんだけれど。……注文は何にする？」

雨宮さんは俯《うつむ》いたままでメニューを指差し、腕時計に目をやりました。やはり様子がおかしい。そう思いながら、私はコーヒーを二杯注文しました。レジの上の時計を見ると、もうすぐ一時になるところでした。

少し前に縁談があることを打ち明けられていた私は、雨宮さんに話の続きを促しました。見合いの相手は静岡の税理士で、写真で見る限り、なかなかハンサムな男性でした。実家から送られてきた写真を見せながら、彼女も満更でもない様子だったのです。

「写真の印象だけだけれど、私にはよさそうな人に見えたわ」

雨宮さんは何も答えず、またしても腕時計に目をやりました。明らかに彼女は困惑していました。そして、何かを待っているようでした。私は彼女の顔を覗《のぞ》き込み、もう一度、「どうかしたの」と訊ねました。

「実はあなたに知っておいてほしいことがあるの」

あなた、という他人行儀な呼びかけに、私は異変を感じ取りました。それまでの雨宮さんは、私に対して、けしてそんな呼びかけ方はしなかったはずでした。

「どういうこと？」

私の問いかけに、雨宮さんは弾《はじ》かれたように俯き、固く唇を結びました。

「どういうことなの。話して頂戴《ちょうだい》」

「直美さん、私のことは知っているでしょ。あなたと違って、私は臆病《おくびょう》者なの。昨日の夜から胸がどきどきして苦しいの。こんなの、耐えられないわ」

「昨日の夜から？」

俯いたまま、彼女はいまにも泣き出しそうに顔を歪《ゆが》めました。

「あなたに話しておくようにと言われたんだけど、私の口からはとても言えないわ。ごめんなさい、もうすぐ鳴海さんが来るから彼女から聞いて」

そう言うと、雨宮さんは運ばれてきたコーヒーに口もつけずに店を出ていきました。もう一度時計を見ると、一時を回ったところでした。

鳴海さんと聞いただけで、話は臼井さんに関することだろうとの察しはつきました。ただ、臼井さんに関するどんなことなのかは見当もつきませんでしたが。いずれ、そんなことを考えている間もなく、ピンクのサマードレスを着た鳴海さんがティールームの入口に姿を見せました。

鳴海さんが入ってくると、店にいた誰もが長身の彼女を見上げました。鳴海さんはただそこにいるだけで周囲にショックを与えるような種類の女性だったのです。けれども、振り向かれることに馴《な》れっこになっていた彼女は、そんな視線など少しも気にかける様子はありませんでした。

「座ってもいいかしら」

テーブルの横に立つと、鳴海さんは私にそう訊ねました。曖昧《あいまい》に頷くと、彼女は白い歯を見せ、小さく手を挙げてウエイトレスを呼びました。彼女は雨宮さんのコーヒーカップが片づけられるのを待って、あらためてコーヒーを注文しました。

「あなたとお話しするのはこれが初めてね」

ようやく向かいの席に腰かけると、鳴海さんはあらたまった口調でそう切り出しました。

「そうですね」

小さく頷きながら、私は正面に座った女の表情を観察しました。鳴海さんは気さくそうに微笑《ほほえ》むだけで、その表情はほとんど何も語ってはいなかったけれど、それでも私はいくつかの発見をしました。化粧で巧妙に隠していたものの、間近で見ると彼女の頬には大きなそばかすがいくつもあるのでした。そして、左手の薬指に小さなダイヤの指輪をしていました。私が指輪を見つめていることに気づくと、鳴海さんは私の方に左手の甲を差し出しました。

「虫除《よ》けよ。あなたにもお勧めするわ。あなたには、もっと大きなのが必要でしょうけれど」

どう答えていいのかわからず、私は黙ったままでいました。肩の前に落ちた髪の毛をかき上げながら、彼女は白い歯を見せました。私も笑みを浮べようとしてみたけれど、あまりうまくいかなかった。

「あなた、お茶大を出てらっしゃるんですってね。とても優秀な方だと伺っているわ」

そう言うと、鳴海さんはハンドバッグからセブンスターを取り出し、私にも勧めました。無言で首を振ると、彼女は「何となくやめられなくって」と言って笑いました。

「お話って何ですか」

彼女は私の質問には答えず、紙マッチで煙草《たばこ》の先に火をつけました。そして、どうして自分が煙草を吸うようになったのかについて話し始めました。

初めて煙草を吸ったのは十三歳の頃で、銘柄はジタンだった。大使館にあったのを吸ってみたの。本格的に吸うようになったのは十六歳になってからで、その頃付き合っていたボーイフレンドに勧められたのよ。日本に戻ってからはしばらくやめていたのだけれど、七月頃からまた吸うようになったの。それはきっと臼井さんのせいよ……。

「あなた、彼とお付き合いされているんですって？」

私が黙ったままで頷くと、今度は「どの程度のお付き合いなの？」と訊ねてきました。

「真面目《まじめ》にお付き合いしているつもりですけれど」

「そうね。あなたはとても真面目そうに見えるわ。みんながそう言うんだから、きっとそうに違いないわよね。でも私だって、こう見えても真面目な人間なのよ。だから、あなたに会うべきかどうか、ずいぶん悩んだの。お節介な女だと思われるのは誰だって嫌でしょ」

「大丈夫よ。私はあなたのことをお節介な人だなんて思っていないから」

私の言葉に彼女はくすくすと笑いました。芝居なのか、それとも本当におかしくて笑っているのか、何とも判断しかねる笑い方でした。半分ほど灰になった煙草を揉《も》み消すと、鳴海さんは円テーブルの上で両腕を組み、小首をかしげるような仕草をしました。

「あなたにはかなわないわ。評判以上よ。聞きしに勝るとはこのことね。ある人が言っていた、あなたは大変な才女で、一緒に食事をしていても、怖くてうっかりしたことは言えないって」

鳴海さんは、それから私の「評判」に関する事柄をいくつも並べました。他人の言葉だと言いながら、その実、彼女は自分の意見を口にしていたのでした。左右の手に煙草を持ち替え、上半身を揺らしながら、彼女は私という女がいかに誤解を受けやすいかについて話しました。この人は自分の話に夢中になるタイプのようでした。指先でテーブルを叩《たた》いたり、自分の言葉に頷いてみせたり、いっときもじっとしてはいなかった。彼女が身を揺するたびに、それまで一度も嗅《か》いだことのない香水の匂《にお》いがしました。

この女は一体何を言いに来たのだろう？　その意図を探ろうと、忙しく彼女の話し振りを観察したものの、やはり見当がつきませんでした。誉め言葉を装《よそお》った批判の台詞《せりふ》を聞きながら、私は雨宮さんに腹を立てていました。私の口からはとても言えない——雨宮さんはそう言ったはずでした。どんな打ち明け話であるにせよ、同じ話をよりによって鳴海さんから聞かされる羽目になったことに私は腹を立てていたのです。

「女って面倒ね。落ちこぼれたら生きていけないし、賢すぎても煙たがられる。それじゃあ、一体どうすればいいって言うのかしら。女に生まれたことをつくづく不幸に思うわ。あなたもそうじゃなくて?」

「鳴海さん、差し支えなければ、もうそろそろ本題に入って戴《いただ》けません?」

彼女は私の言葉に小さく頷き、新しい煙草に火をつけました。

「そうね、つまらないお喋《しゃべ》りばかりしてごめんなさい」

私は首を振ったものの、黙ったままでいました。

「お話というのは臼井さんのことなの。話が戻ってしまって悪いんだけど、でも、あなたと臼井さんの真面目さって一体どの程度のものなの?」

「鳴海さん、ほのめかしはやめて。私は質問に答えました」

私の口調に気を悪くしたらしく、鳴海さんは二、三度目をしばたたかせました。それでも彼女は、すぐにまた微笑むことのできる人でした。知らない人が見たら、私たちは仲のいい女同士に見えていたかもしれません。それくらい、彼女の笑顔は可愛《かわい》らしいものでした。

私は何気ないふうを装って、そんな彼女の口許《くちもと》を見つめました。火をつけたばかりの煙草を揉み消すと、鳴海さんはもう一度テーブルの上で両腕を組み、私の方に広い富士額を押しつけるようにして囁《ささや》きました。

「あなた、朝鮮人の子供を生むつもりなの?」

それは用意された言葉でした。鳴海さんはすぐに額を遠ざけ、その言葉の効果を確認するかのように私を見つめました。彼女の目は明らかにその瞬間を楽しんでいました。とっさに私が感じたのは、何て綺麗《きれい》で残酷な女なんだろうということでした。

「やっぱり知らなかったみたいね。私も彼の車に乗っていて事故にあうまでは想像してもいなかった。大した事故じゃなかったけれど、私は彼と一緒に近くの派出所に行ったの。弁護してあげようと思ってね。でも、彼は私が一緒に行くのを嫌がっていた。あんなに慌《あわ》てているのを見たのは初めてだった。不思議に思ったけれど、すぐに理由がわかったわ。彼の本当の名前は李哲秀《リチヨルス》っていうのよ。素敵な名前でしょ。妹は李美知子。両親は北朝鮮の南浦《ナムポ》の出身よ。南浦ってどこにあるのかご存じ？　ともかく、いい勉強になったわ、色々な意味でね」

「そう、よかったわね」

やっとの思いでそう言うと、私は腕時計を見ました。でも、何分だったのか、まるで憶《おぼ》えていない。緊張のせいか、喉《のど》がからからに干上がってしまい、しばらくは声を出すこともできませんでした。

「間違ってもらっては困るけれど、私はけして差別主義者なんかじゃないのよ。私が許せないのは彼がそれを黙っていたことなの。いずれわかることなのに、あの男は私を騙《だま》そうとしていたのよ」

火の消えた煙草を苛立《いらだ》たしげに灰皿の中で揉みほぐすと、鳴海さんはハンドバッグから分厚い封筒を取り出してテーブルの上に置きました。封筒には「外務省」と印字されていました。

「彼の外国人登録証の写しよ。ご覧になる？」

「調べたのね」

「父がね。遠慮せずに見なさいよ。パスポートの写しと渡航記録も入っているわ。彼は北朝鮮の旅券であちこちに入国していたのよ。ねえ、あの国が親切心で彼に旅費を出すと思う？　過激派なんて可愛らしいものじゃない、あの男は北朝鮮の工作員なのよ。京都府警のリストにも名前が載っていたそうよ」

私は無言で目の前に置かれた封筒を見下ろしていました。渇ききった喉が小刻みに震えているのが分かりました。重ねて「どうぞ」と言われたけれど、私には中を見る勇気はありませんでした。

鳴海さんの話を聞いて、私が味わったのは驚きよりもむしろ恐怖でした。私は何だか恐くてならなかった。その夜も臼井さんと会う約束をしていたのだけれど、すでに私はどういう言葉でキャンセルしようかと考え始めていました。できることなら、もう彼とは会わず、このまま東京へ逃げ帰りたい。大ぶりの封筒を見つめながら、そう願っていた私でした。

鳴海さんは、それからまだいくつものことを話しました。喉元を押さえながら、それでも懸命に彼女の言葉を聞き取ろうとしたけれど、もう何ひとつ理解することはできませんでした。鳴海さんが伝票を手にレジに向かった時も、代金の支払いを申し出ることとさえ忘れていました。

「万博が終わったら、どうされるの」

支払いを済ませると、彼女は私にそう訊ねました。私は無言で首を振るのが精一杯でした。

「もう一つだけ、あなたに言いたいことがあったの。答える気がないみたいだから一方的に言わせてもらうわ。何百人もいるホステスの中で、私が本音で話をしてみたいと思ったのはあなただけだった。嘘《うそ》っぽく聞こえるかもしれないけれど、これは本当よ。でも、まさかこんな話をすることになるなんてね」

店を出たところで、鳴海さんはそう言いました。どこまで本気なのか、やはり判然とはしなかったけれど、それでもいつになく感情を昂《たか》ぶらせていたことだけは確かです。彼女はもう笑顔を見せようとはしなかったし、話し終えると押し殺したような短い息を吐き出しました。私たちは、やはり似た者同士だったのです。百貨店の雑踏の中で、私たちは無言で左右に別れました。鳴海さんの姿が人込みに紛れて見えなくなるのを確認すると、私はエスカレーターの横に置かれた電話から臼井さんの部屋に電話をかけました。彼は不在でした。私と彼が長い時間を過ごした下鴨の部屋に、呼び出し音だけが鳴り響いている光景を想像しながら私は受話器を戻しました。この時、私が思い描いた光景は、彼のアパートが取り壊されたいまも脳裏から去ることはありません。

エレベーターで地下に降り、地下鉄の切符売り場へ向かうと、大勢の人が改札の前に立っていました。どこかの駅で人身事故があったらしく、しばらくの間、運転を見合わせていると駅員が説明していました。

私は地下鉄に乗るのを諦《あきら》め、バスターミナルを横切り、御堂筋を北へ歩きました。大阪市内を南北に貫くこの賑《にぎ》やかな街路は、蒸し暑い午後の、苦い思い出と結びついていました。三ヵ月前、臼井さんのことを思いながら歩いた同じ道を、今度は別のことを考えながら私は歩き続けたのでした。途中でどこかのビルへ寄り、もう一度、彼の部屋に電話をしました。何の考えもなくダイヤルを回した私は、大きな呼び出し音に驚いてすぐに受話器を置きました。今晩の約束をキャンセルしたところで、どんな言葉で次の約束を断ればいいのか、私には見当もつかなかったのです。

ビルを出ると、再び御堂筋を北に歩きました。歩きながら、私は地震が起きることを願っていました。ビルも万博も京都の街も、何もかもを無にしてしまうような大地震を。身勝手にも、それで死んでしまえれば自分はどれだけ楽だろうかと思ったのでした。

13

また一人、私の知っている子が亡《な》くなりました。鹿児島から来ていた七歳になる女の子で、私の誕生日に小さなバラの造花をプレゼントしてくれた子でした。そのバラは、いまも私の枕元《まくらもと》にあなたの写真とともにあります。

その子の父親は鹿児島での会社勤めを辞め、朝の早い築地の魚河岸《うおがし》で働きながら、母親と一緒に娘の面倒を看《み》ていました。私とほぼ同年輩の彼は、四十歳近くになって初めて子供を授かったのです。娘のことはもちろん、生活の心配もあったのでしょう。見るからに打ちのめされた様子の父親が、喫煙室でひっきりなしにハイライトを吸っている姿は五階の病棟では見慣れた光景でした。

彼とは病院の廊下でよく顔を合わせていました。とても口の重い人で、この半年間、挨拶《あいさつ》以上の会話を交わしたことはありませんでした。それだけに、エレベーターの前で彼に呼びとめられた時はいささか困惑してしまったのです。

お悔やみを口にし、慰労の言葉をかけると、私には他に言うべき言葉も見つかりませんでした。少女の父親は俯《うつむ》いたままで何度も頷《うなず》いていたけれど、私の言葉を真剣に受けとめていたとは思えません。小さな子供を亡くした親にはどんな言葉も届きはしないのです。

「造花などを贈って失礼しました。でも、あの子は生花にするか造花にするかでずいぶん悩んだのです」

誕生日にもらったバラのお礼を言うと、少女の父親はそう話し、割に詳しく娘の病状を説明しました。その上で、助かっていたとしても娘はけして成長できなかっただろうと言いました。小学校に上がる年になっても三歳児の平均よりも小さかったし、この病気は治癒したあとも色々な面で尾を引くのだ、と。

私がそうした言葉の真意を量りかねていると、彼はボストンバッグの中からやや小ぶりの本を取り出し、「読ませて戴きました」と言いました。それは雨にまつわる随筆を集めた本で、ある患者が古本屋で見つけ、プレイルームの本棚に入れていたものでした。もうずいぶん前に出た本なのですが、それには私が雑誌に投稿した短い文章が収められていたのです。

「うちの娘は、あれでなかなかおませなところがあって、恋人という漢字が書けるのが自慢でした。他にも空模様とか、雨宿りとか。学校には通えませんでしたが、それでもずいぶんたくさんの漢字を知っていました。あの子はあなたがお書きになった文章を見ながら漢字の勉強をしていたんです」

ちょっと真似《まね》のできないイントネーションでそう話すと、彼は画用紙をはさんだページを開きました。画用紙には大きな木の下で雨宿りをする男女が描かれ、その横に子供の字で「恋人」と書かれていました。

近くの長椅子《ながいす》に腰かけて、私たちは彼の娘のことを話しました。ほんの五分かそこらのことですが、私にとっては辛《つら》く、耐え難い時間でした。話をしている間、彼は何度か私が書いた文章に目を落としました。二十代の終わりに書いたもので、いまとなっては恥ずかしいだけの代物《しろもの》ですが、少女の父親は感心したような表情であれこれと質問をし、最後にどうしてもこの本がほしいと言いました。彼の質問に答えることはできなかったけれど、私は鹿児島の住所を訊《たず》ね、家に一冊だけ残っていた本を送る約束をしてその人と別れました。

この出来事に胸を掻《か》きむしられた私は、その夜、着替えを持ってきてくれた夫に亡くなった少女の話をしました。そして、もう退院させてほしいと頼みました。退院してどうしたいのかと訊ねる彼に、私は何をしたいわけでもない、ただこれ以上死んでいく子供たちを見たくないし、二度とああした話を聞きたくないのだと答えました。

いつになく沈んだ表情をしていた夫は、「その方が楽だというのなら、先生に相談してみよう」と言いました。

夫がそんな願いを聞き容《い》れるはずがないと思っていたから、私は戸惑いもしたし、いよいよ病状がのっぴきならないものになってしまったのかと案じもしました。それでも家に戻れると思っただけで有頂天になったし、なぜもっと早く言ってみなかったのかとベッドの上で悔やんだほどです。夫が婦長と話すためにナースセンターへ行っている間、気の早い私は家に戻ったらあれもしよう、これもしようと一ダースくらいもの計画を練っていました。もう何があっても退院しよう。そう決めたばかりなのに、どうしてなのか三十分もしないうちにすっかり考えが変わっていました。その時は気づかなかったけれど、きっと私は、「その方が楽なら」という夫の言葉にひっかかっていたのです。

私は楽をしたかったのだろうか？　そうなのかもしれない。でも、それは私の本意ではなかった。少なくとも、いまの私の本意ではなかった。私だって、何も敢《あ》えて苦しみたいなんて思わない。そんなのはまっぴらごめんだった。それでいて楽をするという言葉に抵抗を覚えてしまうのは、自分が過《あやま》ちを犯したのはいつもそうした時だったという気がしたからです。

色々なことに考えを巡らせてきたつもりでいて、いざという時、私はいつも成り行きまかせにしてきた。たまに努力を払ったとしても、たいていはご褒美《ほうび》が目当てだったし、若い頃は無益なことに身をやつしている人を腹の中で笑いもしていた。でも、何の褒美もほしくない年になったいま、私の中に残っているのは楽をしすぎてしまったという思いなのです。目先の苦しみから逃れるために、その都度、私は色々なことを棚上げにしてきた。でもそのことが、いまになって何よりも私を苦しめているのです。

半日もかけて恋人たちの絵を描き、迷った末に造花のバラをプレゼントしてくれるような子がどうして死んでいかなければならないのだろう？　あの子もそうなら両親もどんなに苦しんだかしれないのに、私はまだ生きていて、その上で楽をしようなどと考えている。家に戻ることが許されたら、確かに少しばかりは元気を取り戻すことができるかもしれない。でも、そうなったら日々の雑事にかまけて、二度とこの手紙の続きを書こうとはしなかったでしょう。

私は畳の上で死にたいとは思わない。もう病院を出たいとも思わないし、泣きごとも言いたくない。奇跡的に治るか、このまま死ぬか――そのいずれであっても、楽だけはしたくないと思った。この先も、動けなくなるまで周りの人たちと励まし合っていこうと思うし、気力の続く限り書き続け、あなたにもたっぷりとものを考えさせてやろうと思う。

大阪を去る前の数日間を私は梅田のホテルで過ごしました。雨宮さんと顔を合わせるのが嫌だったし、何よりも寮に電話がかかってくるのが怖かったのです。

荷物を整理するために寮へ戻ると、テーブルの上に二通の手紙が並べ置かれていました。一通は雨宮さんが書いた分厚い置き手紙で、もう一通には京都の消印だけがありました。

荷物を整理し、管理人に鍵《かぎ》を返すと、私はタクシーで伊丹《いたみ》空港へ向かいました。時間をかけずに、一刻も早く東京へ戻りたかったのです。キャンセル待ちをしている間に京都へ短い手紙を書き、最終便で羽田へ戻りました。その夜は新橋あたりのホテルに泊まったのですが、翌日、どうやって家にまで帰ったのか、未開封の二通の手紙をどこへ捨てたのかも憶《おぼ》えていない。いま思い出すことができるのは、何日も連絡をしなかったことで、母が私にひどく腹を立てていたことだけです。

結局、私は臼井さんに会うことはしませんでした。事情があってもうお付き合いはできないと記した短い手紙を出しただけで東京へ戻ってきたのです。彼は世田谷の実家へ何度か連絡してきたのですが、病気を理由に私は誰からの電話にも出ませんでした。仮病を使ったのではなく、実際に私は病んでいたのです。十月に入ってしばらくすると一切の連絡は途絶えました。と同時に、私の生もほとんど息絶えてしまったかのようでした。

職を探すどころか外出さえしようとしない私を見て、母はある程度事情を察したようでしたが、父は単純にそのことを喜んでいました。結婚斡旋《あっせん》業をしていたら父は成功していたかもしれません。何しろ彼は、すぐに新たな縁談を持ってきました。

見合い話を切り出す前に、父は熱海《あたみ》への一泊旅行に私を誘いました。「違う土地へ行けば、少しは気分が変わるから」と言いながら、父は私がふさぎ込んでいる原因には無関心なのでした。この時期、父はただただ私に優しかった。気分が変わることなどあり得ないと思ったけれど、私は両親のあとについて家を出ました。

熱海はあなたの祖父母が新婚旅行で出かけた街です。それだけに、二人はこのいささか俗化された温泉場に強い愛着を持っていました。彼らの思い出に寄り添う形で、私もまた何度となくこの街を訪れていたのですが、それでも熱海にやってきたのは四年か五年ぶりのことでした。

昼過ぎに馴染《なじ》みの宿へ着くと、父は車で熱海峠を回ってみようと言い出しました。

新婚旅行で訪れた三十年前にも夫婦で峠道を歩いたというのです。はしゃぎ気味の父の提案に、私は一も二もなく同意しました。私の帰りを待ち続けてくれた人のささやかな提案に異を唱えるなど、私には思いもよらないことでした。

やってきたタクシーの運転手は楽しい人でした。彼は色々とジョークを飛ばしながら車を走らせ、相模湾《さがみ》を望む高台に車を停めました。よく晴れた午後で、そこからは網代《あじろ》岬や伊東市内が一望にできるのでした。

澄み渡った秋空の下に見る相模湾は美しく、波も穏やかで、この世にはまるで事もなしといった風情《ふぜい》でした。父はしきりに運転手の説明に頷き、感に堪えない様子でした。母もいつになく陽気で、子供じみて見えるほどに潑剌《はつらつ》としていました。それともあれは私を元気づけるための芝居に過ぎなかったのだろうか?

写真が趣味だという運転手は、ダッシュボードから古いマミヤのカメラを取り出し、慣れた手つきで私たち親子を写しました。運転手は私たちの表情にいちいち注文をつけ、そのたびに父を笑わせていました。この時の父の表情は、あなたもよく憶えているはずです。結果的に、その写真が父の遺影として使われたのだから。写真の中の父はくつろいだ笑顔を浮べ、幸福そうにさえ見えます。でもあれは、様々なことを乗り越えた上でようやく見せた笑顔だったのです。

車での短い観光の最後に、運転手は来宮《きのみや》神社へ寄りました。そこに樹齢二千年を越す楠《くす》の木があって、その周囲をひと回りすると寿命が一年延びるというのです。「子供の頃には肝試しの場所になっていました」というだけあって、根元からせり上がった楠の木は見るからに恐ろしい雰囲気を漂わせていました。運転手に勧められるまま、父はこの古い大木を時計回りに歩き、母と私にもひと回りするようにと言いました。私を楽しませようと、父は父なりに懸命だったのです。恥ずかしそうに頷く母に従って、私もその木の周囲をひと回りしました。こうしていま、あなたに手紙を書いていられるのも、ひょっとしたらあの木のお蔭《かげ》なのかもしれません。

宿に戻って食事を済ませると、父はようやく見合い話を切り出しました。

「気に入らなければ断っても構わないから」

あつらえたばかりの老眼鏡をかけ、そう前置きしてから父は見合い写真を広げました。家父長としての強引さはすっかり陰を潜め、こちらをいたわるような眼差《まなざ》しに、かえって私は胸を締めつけられるようでした。

今度の相手は財界人を父親に持つ三十前の新聞記者でした。私は新聞記者が嫌いだったから、本来ならば有り得ないはずの組み合わせだったけれど、この時は断る気力さえも失《う》せていました。いいえ、その言い方は正確さを欠いている気がする。むしろ私は結婚の中に逃げ込みたいと願っていたのだと思う。

熱海から戻った私は相手の男性と会い、一緒に竹橋の近代美術館へ出かけました。モンドリアンの作品が展示されていたし、最初のデートコースとしては割に気の利《き》いた場所でした。あとで知ったことですが、彼は父から私の趣味を耳打ちされていたのです。

二度目に会った時、あなたのお父さんは棟方志功《むなかたしこう》の「板画」を持ってきてくれました。私はその「板画」が気に入り、彼のことも気に入りました。

その日は北の丸公園へ行き、ベンチに腰かけて、ずいぶん長いこと彼と話をしました。札幌支局での記者修業を終え、本社勤務になったばかりの彼はとても張りきっていました。放っておいたって張りきる人なのだけれど、この時期はとりわけそうだったように思います。休日でもほとんど二時間置きに会社へ電話をかけるのを怠らなかったし、タクシーに乗っても行き先を告げる前にラジオのスイッチを入れるようにと運転手に頼んでいたものです。半年前までなら視野狭窄《きょうさく》と決めつけて相手にもしなかっただろうけれど、生きる気力さえも萎《な》えていた私にはそんな彼の姿が好ましいものに映ったのです。

そう、あなたの父親は好ましい人でした。私と違って神経質なところはまるでなく、誠実で正義感が強く、融通が利かないと非難されるほどに真っ直《ま》ぐ《す》な人でした。けれども、好ましいだけの人間なら他にもいるし、前にも書いたように私は別にそういう人が好きなわけではないのです。では私は、彼から好ましさ以上の何を感じ取ったのでしょう？　正直に言えば、それ以外には何も。こんな言い方は不当に響くかもしれないけれど、彼は私にとって、ちょうどいい時期に、ちょうどいい場所にいてくれた人だったのです。

十一月の初旬にプロポーズされた私は、次に会った時に返事をすると答えました。断わるのはその時にしようと考えてのことでした。ところが次に会った時、太宰治が通ったという銀座の『ルパン』で、私はいとも簡単に彼の求婚を受け入れていました。

お母さんはなぜお父さんと結婚したのか——それが小学生時代のあなたの研究テーマでした。明らかに、あなたは波瀾《はらん》万丈の物語を聞きたがっていました。それなのに私は口ごもり、あなたを失望させ続けていたように思います。夫婦になるにあたって、誰かに語って聞かせられるような出来事など私たちには何もありはしなかった。真正面から見つめられ、「結婚してほしい」と言われた時、ふいに私はその申し出を断わる理由がないことに気づいたのです。彼は私を求め、私も彼を必要としていた。あの年の秋、私たちの間にあったのはそれだけでした。でも、私にはそれで十分だったのです。

それからは、ほとんど毎週銀座へ通いました。私たちは銀座の路地裏やビルのエレベーターの中で抱き合い、キスをしました。その頃の彼はヘビースモーカーで、背広にはいつもセブンスターの匂《にお》いが染《し》みついていました。この人と結婚するんだ。そう思いながら背広の襟に鼻先をこすりつけ、煙草《たばこ》の残り香を味わうのが私は好きだった。

それでも時折、不思議な気持ちになったものです。どうして私は、フランク永井を口ずさんだりする人と付き合っているのだろうか、と。この人は本当に私にふさわしい人だろうか？　彼のことが好きなのではなく、好きになろうとしているだけではないだろうか？　この先もキッチンやベッドルームで、他人の不幸や失敗をどうやって嗅《か》ぎつけたのかという話を聞かされ続けるのだろうか？　でも、こんなふうに相手のことを観察し、選択権が自分にだけあるかのように思っていること自体が大きな間違いなのではないか。……例によって私は際限のない思考に陥り、そのたびにひどく無口になって彼を心配させていたのです。

誰よりも私の選択に驚いたのは母でした。ずいぶんあとになって知ったことだけれど、大阪から戻った母はかなり長い手紙を京都へ書き送り、自宅に電話をかけてきた臼井さんに私との仲介役まで買って出ていたのです。その役割を果たす前に私が別の男性と婚約したことに母は驚き、私がその理由も口にしようとしないことに苛立《いらだ》ってもいたのです。

結婚が決まると、母は毎晩のように私の部屋にやって来て、夜が更《ふ》けるまで様々なことを私に語り聞かせました。どんな話でも、きまって「私の知り合いがね」と前置きをしてから話し出すのですが、母方の祖母に可愛《かわい》がられて育った私は、そのどれもが彼女自身の物語に他ならないことを知っていました。母の意図は明らかでした。彼女は臼井さんとのことを知りたがっていたのです。そのことをストレートに訊《たず》ねる代わりに、いくつもの体験談を披瀝《ひれき》して、私が話し出すのを根気強く待っていたのです。

「結局のところ、人は離れて暮らせないほど好き合って一緒になるんじゃなくて、一人で年をとっていくのが恐いからそうするのかもしれないね」

私が何も話すつもりがないことを見て取ると、母はそんな言い方で私を非難しました。棘《とげ》を含んだその言葉に彼への好意が滲《にじ》んでいるように感じられて、改めて私は何も話すまいと心に決めました。母が臼井さんに好感を抱いているのなら、せめて彼女にはそのままの気持ちでいてほしかったから。

翌年の四月、私たちは東京會舘で式を挙げ、九州へ新婚旅行に出かけました。次男坊だった彼は私の実家近くに部屋を借り、そこから電車を乗り継いで新聞社へ通うことになりました。

誰が発明したのか結婚というのはよくできた制度で、何年かしてそこに惰性が忍び込んできても、出産や育児、あるいは病気や思い出などが、その都度二人の関係を更新してくれるのです。そして十年も同じ相手と暮らしていると、この結婚は間違いではなかった、少なくともさほど大きな間違いではなかったと感じるようになるのです。その結婚する理由は人それぞれでしょうが、ともあれ私には彼が必要だったのです。そのことに間違いはありません。それとももう一つ、勘違いされては困るので大急ぎで書いておきます。私は彼のことを愛していました。確かにそれは、少し遅れてやってきた感情ではあったけれども、それを抜きに生活を共にし続けることができるほど私は我慢強い女ではないのです。

それから先のことはあなたも知っているだろうし、同じ話を繰り返すつもりはありません。ただ、夫もあなたも知らないだろうことを書いておきます。

あれは十一月の最後の日曜日でした。その日、婚約したばかりの夫を夕食に招いていた私は、母と一緒に銀座にまで食材の買い出しに出かけました。近所のスーパーでも十分なのに、母は銀座へ行くと言い張りました。この時期、母は沈みがちな私を努めて方々へ連れ出そうとしていたのです。

三越の地下でワインと食材を買い揃《そろ》え、大きな買物袋を抱えて上野毛駅の改札を出た頃には、陽も落ちかけて、あたりは薄暗くなっていました。公園を横切り、自宅近くの雑貨屋でワインの栓抜きを買っていた時、街灯に一斉に灯りが点《とも》ったのを憶えている。雑貨屋の角を曲がって再び歩き出した時、ふいに母が私の肘《ひじ》をつきました。

「ごらん、あの子だよ」

顔を上げると、門の前に黒い人影が見えました。それが俯《うつむ》き加減の成美さんであることに気づいた時、私は足がすくんでしまった。母が一緒でなければ、そのまま駅の方に引き返していたかもしれない。成美さんは私たちの方に背中を見せ、塀にもたれるようにしていました。薄手の黒いコートを羽織っただけで、彼女は鞄《かばん》さえ持っていないのでした。

「あら、あなた、一体どうしたの？」

母が声をかけると、成美さんはこちらに向き直り、ほんの少しだけ頭を動かしました。返事がないことに戸惑った様子で、母は私の横顔を一瞥《いちべつ》しました。その間、成美さんはずっと私の目を見つめていました。見据えていた、と言った方が正確かもしれない。成美さんは泣き腫《は》らしたような目をしていました。そんな彼女を見て、私も泣かずにはいられなかった。

「いつ東京に着いたの？　黙っていないで教えて頂戴《ちょうだい》」

母の問いかけに、成美さんは唾《つば》を飲み込みながら「昼すぎです」と答えました。

「そう、よく場所が分かったわね。でもあなた、この寒い中でずっと立っていたの？」

頷《うなず》きこそしたものの、成美さんは何も答えようとしませんでした。母は小首をかしげて、彼女の顔を覗《のぞ》き込むようにしました。泣き顔を見せまいとして、成美さんはすぐに顔をそむけた。ずいぶん待ったらしく、足元には煙草の吸い殻が何本も落ちていました。

「前もって電話してくれればよかったのに。こんなところにいたら風邪をひいてしまうわよ」

何か言おうとするものの言葉にならず、成美さんは喉元《のどもと》を何度も上下させました。

母は私に目配せをすると、軽く背中を叩《たた》いて成美さんを促しました。

「せっかく来てくれたのだから、うちに上がってほしいんだけれど、でもごめんなさいね、いまからお客さんが来るの。だから、どこか別のところでお話ししましょうよ」

洟《はな》をすすりながら頷いたものの、成美さんはしばらくその場から動こうとしませんでした。買い物帰りの奥さんが不思議そうな目でこちらを見ていることに気づくと、母はやや強引に彼女を急《せ》き立てて駅の方へ歩き出しました。二人はのろのろと歩き、途中で何度も立ち止まりました。まるで重篤《じゅうとく》な入院患者とその付き添いといった感じで。雑貨屋の角に差しかかったところで母がハンカチを差し出すと、離れた場所にいた私にも成美さんの泣き声が聞こえてきました。

夫を交えた夕食の席に姿を現さない母に、父はご機嫌斜めでした。母はその晩、お弟子さんたちとの急な会合に出かけたことになっていたのです。

沈みがちな食卓を盛り上げようと、夫はその数日前に自決した三島由紀夫のことを話題にしました。彼は新聞の切り抜きを取り出し、初めてフロントページに記事を書くことができたのだと言いました。父が怪訝《けげん》そうな表情で、夫の口許《くちもと》を見つめていたことがいまも忘れられない。仕事の話になると、夫がひどく饒舌《じょうぜつ》になることを父はこの時初めて知ったようでした。

現場の様子を再現しながら、夫は未《いま》だに興奮が収まらない様子でしたが、記事を読み終えた父は何の反応も示しませんでした。結婚前の夫は、憂国の士の話題が我が家では虚《うつ》ろに響くことをまだ知らなかったのです。父が急に黙り込んだのを見て、夫は可哀想《かわいそう》なくらいに戸惑っていました。私はといえば、あまりにも哀《かな》しいことが多すぎて、一体何が私を泣かせようとするのかも分からないまま、いつまでもその大きな見出しを見つめていました。

その夜、私は二階の部屋で母の帰りを待っていました。ベッドの下に隠していたボトルは、零時を回った頃には半分近くが空になっていました。ウイスキーは、私にとって半年前に知り合った淋《さみ》しい友人のようなものでした。でもこの友人とは、いつも折り合いがよかったわけではありません。深夜ラジオを聴きながら、ベッドの上でもう何杯も飲んだのに、その夜は少しも酔うことができずにいたのです。

窓の下にタクシーが停まる音を聞いたのは夜中の三時すぎでした。私はラジオを消し、階下の物音に耳を澄ましました。水でも飲んでいるのか、蛇口をひねる音が何度か聞こえてきた。階段がきしむ音を聞くと、私はもう一度ラジオをつけました。足音を立てないように、ゆっくりと階段を上がってきた母は、ひどく疲れた顔をしていました。母は鏡台の椅子《いす》に腰を下ろし、深い溜息《ためいき》をつきました。

「成美さんは？」私は恐るおそる訊ねました。

「もう全部済んだから安心おし」

「全部って、どんな話をしたの？」

「全部といったら全部さ。何も喋《しゃべ》らないでいたくせに、私を質問攻めにするつもりかい」

「話さなかったんじゃなくて、話せなかったのよ」

母は充血した目で私を見つめ、「ああ、そう」と呟《つぶや》きました。

私は質問するのをやめ、母が話し始めるのを待つことにしました。彼女はハンドバッグからオメガの腕時計を取り出し、鏡の前にそれを置くと、しょぼついた目を私に向けました。母の口から忘れ難い言葉を聞いたのはこの時でした。

「いい人だと思ったんだけれどねえ。私は本当にそう思ったんだよ。でも、朝鮮人だなんて、それじゃあ初めからお話にもならないじゃないか」

そう言うと、母はもう一つ大きな息を洩《も》らしました。母のその言葉に、私は自分の心がゆっくりと砕けてゆくのが分かりました。

「あの妹にはちょっと怖いところがある」

「怖いところって？」

「さあ、何だろうね。あの子は私を、お母さんって呼ぶんだよ。とにかく、そう呼ばれるたびに私は何だかとても怖かった」

私は黙ったままで頷きました。その時にはもう、差別する感情の底にあるのは恐怖心に他ならないと知っていたので、私には母の気持ちがわかるような気がしたのです。母と私は似た者同士でした。二人とも世間に受け容《い》れられていた反面、同じように限界も多かったのです。

「お前、またお酒を飲んでいるんだね」と母は言いました。

「ええ、飲んでいるわ。だめ？」

「ほんの少しだけ羨《うらや》ましく思っただけだよ」

「飲んでみる？」

ウイスキーを勧めても、母はグラスの端にほんの少し口をつけただけでした。

「私にはこれまでやりたいと思っていて、やれなかったことがいっぱいある。お酒もその一つだね。やれなかったんじゃなく、やらなかったんだよ。私はいつも、たった一つのことしか考えてこなかったから」

「何、そのたった一つのことって？」

「女の人生に失敗は許されない、ということだよ。お前はもう何度も思い違いをした。ひどいもんさ。それでも、私にはお前を見限ることはできない。だって、お前は私のたった一人の娘なんだもの。いくら脅されたって、大事な娘を朝鮮人のところへ嫁に出すなんてできない相談だよ」

「脅されたの?」

「あの子、私に何て言ったと思う? あんたの娘は生きている価値がないだって。冗談じゃないよ、本当に冗談じゃない」

ずいぶん長い時間に感じられたけれど、母と話していたのは三十分かそこらでした。母は、もう二度と臼井さんに連絡を取ってはいけない、ただし全く無視するのはもっとよくないから年賀状だけは書くようにと言いました。私が何も答えずにいると、母は珍しく強い口調で念を押しました。

大正生まれの母は疑いもなく善意の人でした。しかし、その母でさえ、差別も病気の一種であるということには敢《あ》えて気づかない振りをしていたのです。人類の進歩と調和——何て嘘《うそ》っぱちで皮肉な半年間だったのでしょう。

母に言われた通り、私は臼井さんに年賀状を書き、春先に結婚することを知らせました。偽善を文字にしただけの儀礼的な文面でしたが、それでも私は、心のどこかでまだ彼からの反応を期待していたように思います。来る日も来る日も、私は郵便配達人がやってくるのを待っていました。三箇日が過ぎ、松の内が過ぎても何の便りもないと知った時、私はもう一度手ひどく打ちのめされていたのです。

これですべてが終わってしまった。何もかも済んでしまった。そう思い始めた頃、京都から一通の葉書が届きました。でも、それは遅れてきた年賀状ではなく、身内の不幸を伝える黒く縁取られた印刷物でした。郵便受けからその葉書を取り出した時、最初に目にしたのは、「十二月三十日（水）、午前三時」という文字でした。驚きは少し遅れてやってきました。臼井成美、享年《きようねん》二三——その文面のさりげなさは、成美さんは本当に心不全で死んでしまったのかもしれないと思わせたほどでした。

その後の日々をどうやってやり過ごしたのか、まるで憶《おぼ》えていない。きっと腑抜《ふぬ》けのようになって何もせずにいたのだと思う。母に連れられて大学病院へ行ったのは二月の半ばでした。若い医者から聞いたこともない長い病名を告げられ、頸《くび》に近いところに注射を射《う》たれました。硬いベッドの上に横たわり、壁にかけられたカレンダーを目にした時、季節がひと回りしたことに気づきました。私が大阪行の新幹線に乗ったのは、ちょうど一年前のその日だったのです。体裁を取り繕うことばかりを考えてきた女が生き延びて、死ぬべきではない人間が死ぬ。私はこの恐ろしい結末に心底からぞっとしました。

14

七つか八つかの頃、一緒に映画を観《み》に行った帰りに、私が電車の窓から指差したアパートを憶えているだろうか。あのアパートは何年も前に取り壊されてしまったけれど、あなたは夫と私があの部屋で暮らしていた時に生まれたのです。

アパート住まいを希望したのは夫ではなく私でした。うちの両親は同居を望んでいたし、彼もそれで構わないと言ってくれていたのだけれど、私は一度でいいからアパートというところに住んでみたかったのです。甘い新婚生活を夢見ていたのではありません。朝早くに起きて家事一切を一人でこなし、夕食を作って彼の帰りを待つ。そうした生活を続けていれば、いつか私も普通の奥さんになれるのではないか——そう思ったのです。

実際には、夫はなかなか帰ってこなかったし、朝食さえ食べずに出社していました。狭い部屋だったから掃除もすぐに済んでしまい、専業主婦になったとはいえ、私には大してすることもないのでした。私は毎日ラジオを聴き、気に入った番組にリクエストの葉書を出しました。結局、結婚したことによって私が手にしたのは、いつ終わるとも知れない長い休暇だったのです。

夜勤や早朝の勤務が多かった夫は、罪滅ぼしのつもりでか、月に一度は私を映画や芝居に連れ出してくれました。観劇の後、婚約時代に出かけた銀座のバーへ寄ることもありました。でも彼は、観てきたばかりの芝居よりも、三里塚の闘争や大久保清の犯罪の方に夢中なのでした。

あれは何の話をしていた時だろう？　どうしても思い出せないのだけれど、ともかくも何かの事件の話をしていた時、ふいに夫が「お前、興味がないのか」と言ったのです。彼は明らかに不満な様子で、「何人もの命が奪われたというのに」と言って私を非難しました。この時のやり取りが忘れられないのは、夫が初めて私のことを「お前」と呼んだからです。彼は亭主の仕事に対する理解がない女だと嘆き、同僚たちの妻の例を引き合いに出しました。遅ればせながら、その時、夫が私に何を求め、何に失望しているのかが分かった気がしました。彼は自分を励まし慰め、あなたは誰よりも優れた記者なのだと囁《ささや》き続けてくれる女がほしかったのです。

私が黙ったままでいると、夫は再び事件の話をし始めました。私はかなり殊勝な態度で聞いていたし、これからもそうしようと決意したばかりだったのだけれど、「重要な話だ」と彼が言うのを聞いて、思わず「誰にとって?」と問い返していました。それればかりではなく、当惑して口ごもる夫に私はこうも言ったのです。

「確かに重要な話なのかもしれません。でも、いつだってそうではありませんか。いつもいつも重要な話ばかりではないですか。そうではなくて、たまには普通の話をしませんか」

思いもよらない反論にあって、夫は長いこと黙ったままでいました。言葉を失うというのは、きっとああした状態をいうのでしょう。彼は腹立ちを抑えているようにも見えたし、しょんぼりしているようにも見えました。こんなふうに、私は生涯を通じて言わなくてもいいことばかりを口にしてきたのです。

彼が気に入りそうな質問を差しはさむことだってできたのに、どうしてあんなことを言ってしまったのだろう? 長い間、私はそのことを後悔し続けていました。というか、後悔し続けていたつもりだったのだけれど、実際にはそうでもなかったのかもしれない。あの時、自分がどんな言葉を使ったのかを思い出すのにさえ、かなりの時間を要したのだから。

母はよく私に言っていました。後に悔いを残したくなかったら、言うべきかどうか迷うようなことは何も言わずにおくべきだ、と。振り返ってみれば、母の言ったことはほとんど正しかったように思います。でも私は、こうも思うのです。たとえ愚かなことを口にしてしまったと嘆くような結果になったとしても、あの時ああ言っておけばよかったと悔いるよりは少しはましなのではないか、と。後悔することを恐れて口を閉ざしている人は、私の知る限り、不幸に見舞われることもない代わりに、幸運に出会うこともなかったように思います。それにまた、口にしてみて自分でも初めてそれとわかる真実もあるのです。

私はこれまでに何人もの女の嘆きに耳を貸してきたけれど、気の毒に思ったのは何かを言われた女ではなく、何も言われなかった女たちでした。当然聞けるものと思っていた言葉を聞けなかった女たちが、どんな思いをしているのか、それはあなたにも察しがつくでしょう。慎重に相槌《あいづち》を打ちながらも、私はそうした女たちには常に批判的でした。幸運が身に降りかかってくるのを待っているだけだなんて虫がよすぎる。心のどこかで、そう思っていたのです。

でも、どうなんだろう。私は彼女たちを批判できるほどの女だったのだろうか？　とてもそうだったとは思えない。私は何通も手紙を書いては破り捨て、レコードを聴き、ウイスキーを飲んでいました。それまでに、あんなに大量の文章を書いたことはなかった。結局は投函《とうかん》せずに終わるだろうと思っていたし、実際に一通も投函することはなかったけれど、あの時に書き連ねた言葉はいまも私の中に生きている。

その頃の私のお気に入りはジャニス・ジョプリン。いまもジャニスを聴くと、あの孤独な日々が思い出されて胸苦しくなってしまう。ジャニスは私よりもいくつか年上で、日本で名前が知られるようになった時にはもう死んでいたけれど、初めて彼女の歌を聴いた時は、魂を鷲《わし》づかみにされたようなショックを受けたものです。私は夜が更《ふ》けるまでジャニス・ジョプリンを聴き、彼女を真似《まね》て煙草《たばこ》をふかし、出さずに終わることがわかっている手紙を書き続けました。そんなふうに一日の大半を無為のうちに過ごし、夜中に帰ってくる夫と少しばかり話をし、新聞配達人が運転するスクーターの音を聞きながら床に就く。それが私の生活でした。

お酒を飲みすぎないようにするため、昼間はたいてい実家に戻っていました。昼すぎに部屋を出て、三十分近くかけて実家まで歩き、電話のそばで何十冊も本を読みました。

まだ無骨な黒い電話機が主流だった頃、電話がかかってくることを察知するのはさして難しいことではありませんでした。電話が鳴り出す直前に、周囲の空気が微妙に震えるのです。空気の震えを感じ、そして実際に電話が鳴ると、それだけで私はどきどきしました。臼井さんからかもしれない。彼がかけてくるはずなどないのに、受話器を取り上げる時は、そう思って緊張したものです。電話は母のお弟子さんからのものがほとんどで、落胆したような私の声に、電話の向こうの彼女たちはいつも怪訝《けげん》そうな様子でした。

結婚した翌年の夏、銀座で何かの買い物をした私は、デパートの紙袋を持ったまま、かなり長い散歩をしました。まばゆいほどの陽射《ひざ》しの中、昼食帰りの人たちがいくつもの輪になって、くつろいだ様子で表通りを行き来していました。この人たちは何を話し、何を笑っているのだろう？　日傘の中から白いシャツを着た人たちの様子を眺めているうち、同じようにして御堂筋を歩いていた時のことを思い出し、重い足が舗道に沈み込むような感覚に襲われました。

都庁の脇《わき》を通り、東京駅に続く薄暗い路地を抜けてなおしばらく行くと、国鉄の本社ビルが見えてきました。当時、夫はこのビルの中にある記者クラブに所属していたのです。

彼と話そう。嫌な顔をされるのはわかっていたけれど、どうしても話さなければという気になり、近くのビルの喫茶店から記者クラブに電話をしました。話をするといって、具体的に何をどう言うかを決めていたわけではありません。ただ、もう二度とこんな思いはしたくないと思ったのです。

窓際《まどぎわ》の席から外を眺めていると、やがて白い半袖《はんそで》シャツを着た夫が小走りにやってくるのが見えました。刷りあがったばかりの夕刊を手にした彼は、呼び出されたことに気分を害している様子でした。私の異変を感じ取ったのか、それでも彼の口調にはどこかこちらをいたわるような感じがありました。まだしっかりとした言葉にはなっていなかったけれど、確かにその時、私は彼に何かを伝えようとしていたのです。それを切り出せなかったのは、夫が唐突に子供の頃の話をし始めたからです。都心で生まれ育った彼は、遊ぶ場所がなかったから夏休みでも学校に行っていたと話しました。古ぼけたブランコに一時間も揺られ、それに飽きると校庭で自分の短い影法師を踏もうとした。あの頃は本当に退屈で、それにお腹《なか》を空《す》かせていた――夫はそう言って、屈託のない笑顔を見せました。

コーヒーを飲みながら、私たちは二十分ほど、とりとめもない話をしました。突然現れた私の真意を推し量ろうと、話の合間に夫はいくつかのことを訊《たず》ねました。私は近くに来たついでに寄ってみただけだと話し、何でもないと繰り返しました。本当に何でもなかったのだと自分に言い聞かせながら。

伝票を手に夫が立ち上がった時、私は思いがけない光景を目にしました。いえ、実際にはありふれた光景だったのかもしれません。それでも、私にとっては特別な瞬間でした。何気なく窓の外に目をやった私は、身の丈に合わない大きな自転車に乗った少年が、猛スピードで走り去っていくのを見たのです。彼はハンドルから両手を離し、甲高い叫び声を上げていました。ほんの一瞬のことだったけれど、その姿はいまも私の記憶に焼きついています。先ほどまでの憂鬱《ゆううつ》はもうどこかへ消し飛んでいたし、喫茶店を出た私は少し興奮してもいたように思います。真夏のオフィス街を駆け抜けていった少年の、まるで宙に浮いたような自由さに私はすっかり心を奪われていたのです。

「実は自転車がほしいと思ったのよ」夫が支払いを済ませるのを待って、私はそう言いました。「安いものではないから、勝手に買ってはいけないと思って。でも、どうしてもほしいと思ったの」

それを聞いた夫はほっとしたような顔をしました。彼は財布からお札を何枚か取り出し、足りない分はツケにしておけばいいと言いました。彼は仕事に戻れることを喜んでいる様子でした。私も私で、自分の思いつきに夢中になっていました。

私はその日のうちに自転車を買い、それからは毎日それに乗って走り回りました。自転車で走りながら、何度もあの少年の姿を思い出した。この新しい習慣は、一時的にせよ退屈を紛らわせてくれました。考えてみれば、私はそれまで自分の自転車を持ったことさえなかったのです。

私は自転車での遠出を楽しんだけれど、結論からいえば、そうした日々は長くは続きませんでした。多摩川を渡って川崎市内を走っていた時、アスファルトの割れ目にはまって転倒してしまい、膝《ひざ》を五針も縫う怪我《けが》をしてしまったのです。転倒の原因は明らかでした。抜糸を済ませた私は渋谷のデパートへ行き、『甘い生活』という映画でアヌーク・エーメがかけていたような眼鏡を買いました。視力を取り戻すと、もう意味もなく自転車で走り回ろうとは思いませんでした。わざわざ遠くまで出かけなくても、目にするすべてのものがそれまでとは違って見えたから。

私が一人きりで放置されているのを不満に感じていると思ったのか、やがて夫は旅行に出かけてはどうかと勧めるようになりました。最初は思いつきを口にしてみただけのようでしたが、秋の異動で警視庁の担当になると、彼の口調が熱を帯びるようになり、旅行会社のパンフレットをいくつも持ち帰ってくるようになりました。夫の提案は私の心を揺すぶりました。私にはどうしても行ってみたい場所があったのです。思えば私は、結婚する前からそこへ出かけていくつもりでいたのです。そう遠くないいつか——眼鏡をかけて、今度こそ何もかもを見てくるつもりでした。

その年の暮れ、私は一人で冬の京都へ出かけました。休日も返上して働いていた夫は時間に追われることを生き甲斐《いがい》と感じているような人だったから、私の申し出をむしろ喜んでいるふうでした。

二年ぶりの京都には冷たい雨が降っていました。京都駅から乗ったタクシーが臼井さんのアパートがあった通りに差しかかると、雨はあがったものの、それでも膝ががくがくするほどの冷え込みでした。

臼井さんが住んでいたアパートはすでになく、跡地には小さなストアが建っていました。ベレットが停められていたあたりも整地され、周囲には有刺鉄線が張り巡らされていました。

私はストアの前を行きつ戻りつし、見憶えのある看板や付近の家々を眺めました。何かが違う——どこがどうとは言えないのだけれど、歩きながらそんな感じがしてならなかった。陽はすでに落ちて、濡《ぬ》れたアスファルトが街灯を映し出していました。見ると、店の中で忙しくレジを打っているのは、「上の階に臼井という人は住んでいない」と私に告げた、あの商店主でした。二年の間に、街も彼もずいぶん変わってしまっていたのです。

その夜は京都ホテルに泊まり、臼井さんと行ったバーに入りました。あの頃の思い出が蘇《よみがえ》るのではないかと内心ひやひやしていたのだけれど、店内は混み合っていてノスタルジアに浸れるような雰囲気ではありませんでした。私はウイスキーを二杯飲んでから部屋に戻り、ホテルの用箋《ようせん》に手紙を書きました。なかなか書き上げることができず、途中で何度も窓の外を眺めました。雨に煙って白くかすむ街を見下ろしているうち、ある記憶が蘇ってどきどきしたのを憶《おぼ》えている。

子供の頃、頻繁に家の前を通る男性がいて、私はその人のことが少し気になっていたのです。彼は四十歳くらいで、見かけるのはいつも夕方遅くになってからでした。そのむかし流行《はや》った言葉で言えば、彼はニヒルな感じで、とてもきれいな顔をしていました。

「あの人と知り合いなの」

ある時、母がその男性に会釈《えしやく》するのを見て、私は興味津々《しんしん》で訊ねました。

「知り合いなもんか」母は私の問いに気を悪くし、まさかと思うことを口にしました。「あの人には奥さんが二人いるんだよ。だからああやって、毎日、二人の奥さんの間を行ったり来たりしているのさ」

それがどういう意味なのか、私にはまだわかっていなかったように思います。ともかくも悪い人なのだと聞かされ、小学生だった私はその人を恐れるようになりました。それでいて、彼がやって来る時間になると落ち着かず、部屋の窓から通りの方を覗《のぞ》き見たりしていたのです。俯《うつむ》き加減で歩く彼は悪い人などには見えず、むしろ理知的な感じさえしました。それでも、どこかしら悪い部分があるはずだと思い、母が夕食の支度をしている間中、彼が現れるのを辛抱強く窓辺で待っていました。そうしたことが何年か続き、どうにか母の言葉の意味を理解するようになった頃、その人はぱったりと姿を見せなくなりました。

——いまの私は、あの人に少し似ていないだろうか？　それに、そう、私たちに似た人はけして少なくないのでは？

ホテルの窓から通りを見下ろしていた時、ふいに私はそう思い当たったのです。冷蔵庫にあったビールを飲み干すと、その思いはほとんど確信に変わっていました。どれほど多くの人が、この同じ苦しみを抱えているのだろう？　そんな降って湧《わ》いたような疑問にも、私はあっさりと答えを出していました。結婚している人の数だけ、と。程度の差こそあれ、胸の内に他の誰かを思い描かない既婚者などいるはずがない。手紙を書き、ルームサービスのワインを飲み、十分ごとに窓辺に立った私は、そんなことを自分に言い聞かせていました。

翌日も京都は雨でした。部屋で朝食をとりながら、私は昨晩書き上げた手紙を何度か読み返しました。それからホテル名の入った傘を借り、タクシーで山科《やましな》のお寺へ向かいました。

お寺に着いたのは十時頃でした。想像していたよりも広いお寺で、目当てのお墓を見つけた時には足元がかなり濡れていました。私はお墓に花を供え、雨に打たれながら両手を合わせました。黒光りする真新しい墓石には「李美知子」とだけありました。この日が成美さんの命日だったのです。

ご両親や親戚《しんせき》と思われる人たちと一緒に、臼井さんがお寺にやってきたのは午後の二時すぎでした。私は少し離れた場所から彼らの様子を眺めていました。相変わらず冷たい雨が降り続き、臼井さんの吐く息が白く見えました。

成美さんの母親は、ひと目でそれとわかりました。私はあれほど姿形が似ている母娘《おやこ》を見たことがありません。白いチマチョゴリを着た母親は、お墓の前で声をあげて泣き崩れ、背の高い白髪の男性に背中をさすられていました。杖《つえ》を手にしたその男性が父親のようでした。

小さな花輪を手にした臼井さんは、両親に傘を差しかけたまま、ずっと目を伏せていました。どうやら彼が一番目下らしく、焼香をする人たちに順番に傘を差しかけていました。彼らは三十分もそうしていただろうか。最後に焼香を済ませた臼井さんは立ち上がると真っ直《ます》ぐにこちらを見ました。彼は初めから私に気がついていたのです。目が合うと、臼井さんは手にしていた傘をほんの少しだけ上下させました。たったそれだけのことだったけれど、その仕草は私を泣かせるには十分でした。

その晩遅く、臼井さんはホテルに私を訪ねてきました。部屋で何時間も鏡を覗き込んでいた私は、フロントから電話を受けると、あの夏の終わりに彼からプレゼントされたブレスレットをつけて階下に降りました。お墓参りに来ただけなのに、私は一体何を考えているのだろう？　そう思いながらも、ブレスレットをつけることには何の躊躇《ためらい》もなく、むしろ迷ったのは眼鏡をしていくべきかどうかということでした。

年末のせいかロビーの椅子《いす》はすべてふさがっていて、フロントの前で立ち話をしている人が大勢いました。黒いコートを着た臼井さんはロビーの外れに一人で立っていました。二年振りに会った彼はまた少し痩《や》せたようでしたが、声も目も以前のままの彼でした。それに比べて、人妻になった自分がいくつも年を取ったように思えて恥ずかしかった。

「外へ出ようか」と彼は言いました。「雨があがったし、ここだと話もできないから」

私は黙ったままで頷《うなず》き、彼のあとについてホテルを出ました。御池通りに面したタクシー乗り場には長い列ができていました。風が冷たい夜で、腕組みをし、足を踏み鳴らしている人が多かった。

私たちは高瀬川沿いの細い路地を歩きました。少し行くと雨が降り出したので、店仕舞いした酒屋の軒先で雨宿りをしました。何の言葉も交わさず、しばらくの間、二人ともただそこに立っていました。雨がやむのを待っていたのではなく、互いに相手が話し出すのを待っていたのだと思います。

「今日は遠くから来てくれてありがとう」臼井さんは白い息を吐きながらそう言いました。「成美もきっと喜んでいると思う」

「そうかしら。そうだといいけれど」

彼はそれには答えず、弱い雨だれがアスファルトを叩《たた》くのを見つめていました。

「直美さん、いつから眼鏡をかけるようになったの」

「今年の夏からです。変ですか」

「変ではないけれど、最初は誰だろうかと思った。僕がいつも思い出すのは、眼鏡をかけていない直美さんだから」

「あなたが羨《うらや》ましいわ」私は眼鏡を外しながら言いました。「臼井さんは、私がいつも思い出す臼井さんにとてもよく似ています。私と違って、少しもお変わりないのね」

「そうでもないさ」

彼は朝鮮文字で書かれた一枚の名刺を差し出し、「いまはここで国語を教えている」と言いました。

雨音を聞きながら、ずいぶん長いこと、私は名刺を見つめていました。その間、彼は朝鮮人学校がどんなところなのかを説明しました。母国語で民族教育をする学校で、国から助成金が出ないから授業料も高く、父兄はかなりの負担を強いられている。その皺寄《しわよ》せは必然的に教職員の身に降りかかってくる——そんな話でした。

「直美さん、答えたくないかもしれないけれど、どうしても訊《き》いてみたいことがあるんだよ」

しばしの沈黙の後、彼はそう言いました。

「どんなことですか」

「いや、ご主人はどんな人かと思ってね」

「臼井さん、遠慮なさらないで。そんなことでよければ、いくらでもお答えします。夫は新聞記者で、年が明けると三十二歳になります。多少融通の利《き》かないところもありますが、仕事熱心で、とても誠実な人です」

「そう、それはよかった」

他にもいくつかのことを話したのだけれど、どんな言葉で説明をしたのか、よく憶えていない。彼は時折頷くだけで、あとはずっと黙ったままでした。

「臼井さん」と私は呼びかけました。「あなたと成美さんに謝りたい。今日はそう思って来ました」

その言葉が耳に入らなかったのか、臼井さんは俯き加減のまま、微動だにしませんでした。私の記憶に深く刻み込まれているのはこの時のことです。ハンドバッグの中に名刺をしまい、昨晩書いた手紙を取り出そうとした時、彼がこう言ったのです。

「成美が死んで、年が明けて、年賀状を受け取った時には確かに君を恨んだ。何てひどいことをする女だろうと思った。だから、出すつもりはなかったのに、あの葉書を出した。でも、葉書を投函《とうかん》し終えた時には、もう別のことを考えていた。直美さん、僕はね、もう一度直美さんに会いたくてあの葉書を出したんだよ」

彼がどんな顔でそれを言ったのか私にはわからない。その時は、顔を上げることさえできなかったから。私は手にしていた手紙をハンドバッグの中に戻しました。もう言葉を整えただけの手紙を彼に渡そうとは思いませんでした。

「さっきの質問ですけれど、臼井さん、あれは私がいま幸せかどうか、ということなのですね」

「直美さん、僕が他の何かを知りたがると思ったの」と彼は言いました。「僕が知りたいのは直美さんのことだけだよ」

ハンカチを握りしめ、足元の雨水を眺めながら、私は切れぎれの言葉で言いました。

「臼井さん、一度しか言わないからよく聞いて。私はあなたのことが好きでした。いえ、いまでもそうです。それなのに、私はあなたを憎んだり、恨んだりしました。それだけじゃない、あなたという人を怖がりもしました。あなたが朝鮮の人だと聞いて、私はとても怖くなったんです。だから逃げたんです。きっと他の人たちのように。でも、私は間違っていました。だって、毎日、毎晩、叫び出したくなるんです。もしかしたら……東京に戻ってからそう思わない日はありませんでした。もしかしたら有り得たかもしれないもう一つの人生、そのことを考えなかった日は一日もありませんでした」

話しながら、私は洟《はな》をすすり、最後の方ではしどろもどろになっていました。彼は目を閉じて、じっと苦痛に耐えているようでした。それから私は、ずいぶん長いこと、足元の水の流れを目で追っていました。雨脚が強まったらしく、やがて雨どいから勢いよく水が流れ出してきました。

「臼井さん、戻りましょう。私、何だかとても寒いわ」

「ああ、そうしよう」

私たちは来た道を引き返してホテルに戻りました。雨がやむ気配はなく、ロビーに駆け込んだ時には足元がかなり濡れていました。フロントで鍵《かぎ》を受け取ると、私は彼を部屋に誘いました。じきに日付が変わる頃でしたが、ロビーでは相変らず大勢の人が談笑していました。


明け方、ロビーに下りると、車寄せの向こうに夜半すぎから降り始めた雪が白く光っているのが見えました。まだソファーに腰かけて話をしている人たちがいて、宿直のフロント係は困っている様子でした。タクシーを頼むと、それでも彼は笑顔で頷きました。

タクシーを待ちながら、臼井さんは煙草《たばこ》に火をつけ、私にも一本勧めました。私はそれを受け取り、ホテルのマッチで火をつけました。でも、思い直してすぐに煙草を消しました。

「臼井さん、私は来年もお墓参りに来るつもりです。できたら、来年の今日、もう一度会って戴《いただ》けませんか」

車寄せにタクシーが入ってくると、私は急き《せ》立てられるような思いで彼に告げていました。いいえ、私はこう言ったのです。来年も、さ来年も、その次の年もここで会いましょう、と。何があったって私はここに来るし、一年のうち、一日くらい、いいではありませんか――そう言っていたのです。臼井さんはタクシーのドアに手をかけ、少し考えた末に言いました。

「来年の今日、俺はまたここに来る。遅くなるかもしれないけれど、きっと来るよ」

「どんなに遅くなってもかまいません。何時まででも待っています。来年の今日、また一緒にお酒でも飲みませんか」

「ああ、何があったって俺は直美さんと飲むよ」

私には感動的なひと言だったけれども、この約束は果たされませんでした。それから八ヵ月後にあなたが産まれたからです。結局、私が次に京都へ出かけたのは七年もたってからでした。少なくとも、あなたが小学校に上がるまでは、私は暮れを東京で過ごしていたのです。それはそれで楽しい時間でした。いいえ、私にとっては掛けがえのない時間でした。

子守唄《うた》を聴かせる代わりに、私は運転を習い、車を買いました。ハイドンを聴きながら、東名を走るのが私は好きでした。御殿場のあたりに差しかかり、右手に富士山が見えてくると、あなたははしゃいで、どうしてもそこへ行くと言い張ったものです。でも私は、時間が許す限り走り続けていたかった。

車で走っている限り、あなたはけして泣くことはありませんでした。後部座席のシートの上に立って、答えが見つかりそうもない質問を次々に繰り出し、通り過ぎていく景色にいつまでも目を奪われていました。何て可愛《かわい》らしい子なんだろう。この子のためなら、どんなことでもしよう。バックミラーに映る真剣な眼差《まなざ》しを見ながら、何度そう思ったかしれません。結局、大したことはできなかったけれど、そう思ったことだけは確かです。

まだほんの幼い頃から、あなたは誰からも私にそっくりだと言われたものだけれど、それは見せかけにしか過ぎません。私と違ってあなたはとても意志的な子で、私は何度も、この子は成美さんの生まれ変わりなのではないかと思ったものです。

15

「私もいよいよ最期《さいご》なのかしら」

先週末、夫は三日間続けて休みを取り、ほとんどつきっきりで看病してくれました。そんなことは初めてだったから、私は妙に気になってそう言ってみたのです。

夫は力なく笑い、実は編集委員になったのだと言いました。それが具体的に何をする役職なのか、私にはよくわからなかったけれど、それでも一つだけはっきりしたことがあります。彼は部長に昇進することができなかったのです。

日曜日の午後、夫は病院の屋上へ私を連れ出してくれました。何度断っても屋上まで背負っていくと言って聞かないので、最後には私が折れました。こんなふうに彼の背中にもたれかかったりしたのは何年ぶりだろう？　夫の匂《にお》いを懐《なつ》かしく嗅《か》ぎながら、私はそう考えていました。結局、この人生の最後に私はもう一つの思い出を得たのです。

私たちはデッキチェアーに腰かけ、午後の何時間かをそこで過ごしました。彼は職場の同僚たちのことを話題にしました。そのうちの何人かは私も知っている人で、夫は彼らを昇進させることができなくなったことを残念がっていました。彼の嘆きはいつまでも続きました。社会人としての夫の半生は、そうした人たちによって育《はぐく》まれてきたのです。でも私は、残されたわずかな時間に、あんな退屈な人たちの話を聞かされるのはごめんだった。

私が黙ったままでいると、夫は話すのをやめ、煙草《たばこ》に火をつけました。彼が煙草を口にするのを見たのは何年ぶりのことだったでしょう。煙草をやめたのがいつだったのかさえ、思い出せなかったほどです。

「実は時々、吸っていたんだよ」

彼はそう言って、火のついた煙草を私に差し出しました。それは私に気がねなく煙草を吸わせるための嘘《うそ》だったに違いありません。でも、その嘘のおかげで私はほとんど半年ぶりに煙草を味わうことができたのです。病院の屋上で禁じられているはずの煙草を吸うなんて、まるで高校生にでも戻ったような気分でした。

私は風に流されていく煙を眺め、病院の空を見上げました。梅雨の晴れ間の、とても気持ちのいい午後で、彼は額にうっすらと汗をかいていました。最後の一本になるだろう煙草を吸いながら、私は少女時代の夏を過ごした軽井沢のことを思い出していました。私たち家族をいつも歓迎してくれた旧軽銀座の中華料理店や初めてのソフトクリーム、帽子にびっくりするほど大きな羽根飾りをつけた婦人たちのことを。この特権的な土地の名を口にするのはどうにも気が進まないのですが、晩生《おくて》だった私にとって最初の記憶はいつも軽井沢なのです。

私たちの別荘から少し離れた場所に、ひときわ大きな三階建の別荘がありました。そこの長男がきっと私の初恋の相手で、母は私より三つ年上の彼を「小さな紳士」と呼んでいました。「小さな紳士」は、関西のある倉庫会社の御曹司《おんぞうし》でした。そして、あれは多分、私が十六歳の夏のことだったと思います。

軽井沢に着いた翌日、いつものように私は彼の別荘を訪ねました。結婚したばかりの姉が出てきて、弟はまだ来ていないと言いました。それは嘘でした。私はその朝、彼を見かけていたのです。夕方、もう一度訪ねてみたものの、姉の返事は一緒でした。それでいて、彼の部屋には灯りがついていたのです。

避暑地の短い夏が終わりかけた頃、自転車に乗った彼とすれ違った私は、自分でもびっくりするくらいの大声でその人の名を呼びました。それなのに、彼は何事もなかったかのように通りすぎていったのです。

他に大してすることもなかった私は、腹立たしさもあって別荘の前で待ち伏せすることにしました。折畳式の椅子《いす》を広げ、文庫本を読みながら彼の帰りを待つことにしたのです。三階の窓から、彼の姉が怪訝《けげん》そうな面持ちでこちらを見下ろしているのに気づいたけれど、あれは容疑者の身内なのだと言い聞かせ、何食わぬ顔で読書を続けました。私は逮捕状を手にした刑事のような気分でいたのです。

そのうち、彼が自転車に乗って別荘に戻ってきました。今度はさすがに私を無視することもできず、困ったような顔で頷《うなず》きかけてきました。その時、私たちは何か短い会話を交わしたのですが、どんな話をしたのか、まるで思い出すことができません。なぜ彼が私を避けていたのか、一瞬のうちに私はその理由《わけ》を理解しました。しぶしぶといった感じで自転車から降り立った彼よりも、私の方が五センチも背が高くなっていたのです。挨拶《あいさつ》の言葉を口にしながら、彼は明らかに困惑していました。文字通り彼は小さな紳士になっていたのです。

東京に帰る電車の中で、私は彼が居留守を使ったことを母に告げ、あいつは紳士でも何でもないと付け加えました。母は笑っていたけれど、私はショックだったし、口《く》惜《や》しかったのです。ルパート・ブルックの回顧録を愛読していた彼に、私は何年間にもわたって憧《あこが》れに似た気持ちを抱き続けていました。週末ごとに渋谷の英会話教室に通うようになったのも、そんな彼に追いつきたいと願ってのことでした。それなのにほとんど一瞬のうちにその思いが霧消してしまったのだから。

「お前に見下ろされて、彼はずいぶん傷ついたことだろうね」と母は言いました。

「それ、私のせいかしら」

「そんなこと、誰のせいでもありゃしないよ。でも、お前を避けたくなった彼の気持ちもわかってあげなくちゃ」

「一体何をわかれって言うの？」

「さあ、何だろうね。私にもよくわからないけれど、男の人にはきっと家柄や銀行口座よりも大事なものがあるんだよ」

しばしの間、私は遠い日になくしてしまった、そんな思い出に浸っていました。そしてまた、こんなことを思ってもいたのです。もし臼井さんの身長があと十センチ低かったら、私はあれほど彼に夢中になっていただろうか？　もし彼が京大生でもなく英語さえ話せないような人だったら？　あるいは、もし……。私の追憶はとめどもなく、例によって何の脈絡もなくそこかしこを飛び回りました。そのうち、臼井さんから聞かされた話を思い出して、ふいに涙がこぼれ落ちそうになりました。

去年の冬、臼井さんは中学二年の一人息子のことで頭を悩ませていました。大阪の私立中学に通っていた息子が、突然転校すると言い出したというのです。

「理由は聞かなくてもわかった」と彼は言いました。「秋口に不思議なことがあってね。研究資料を取りに家に戻ると、表札が外されていたんだ。それだけじゃなく、色々なものがなくなっていた。その時、家には息子の同級生たちが来ていた」

臼井さんは息子が学校で本名を名乗っているものとばかり思い込んでいたのですが、実際には入学前に彼の奥さんが教頭にかけ合って、学校ではいわゆる通名を名乗らせていたのです。朝鮮総聯《そうれん》の幹部の娘で、生まれてから一度も日本名を名乗ったことのない彼の妻でさえ、自分の息子に本名での通学を強いることはできなかったのです。

臼井さんは、「何だか不思議なんだよ」と言いました。何が不思議なのかと訊《たず》ねると、彼はまだ三つだった息子が、小さな容器に入ったアルファルファをプレゼントしてくれた日のことを話しました。息子がスポイトで水をやって育てたというアルファルファを眺めているうちに、どうしようもなく涙が出てきたというのです。

「妻はびっくりしている息子に、お父さんは感激して泣いているのよ、と説明していた。もちろん、それもあったけれど、真相はちょっと違っていた。直美さん、その時、僕はこう思ったんだよ、この子も、いまにきっと自分と同じ目にあうんだろうなって」

そう思ったら涙がとまらなくなったというのです。ところが、いざそうなってみると今度は涙も出ない。

「不思議なものだね」

臼井さんは、最後にもう一度そう言いました。そう、それが彼に会った最後でした。不思議といえば、いまの私には何もかもが不思議なのです。三日後に二度目の開頭手術を控えていながら、何年も前のことを思い出し、未《いま》だにあの時こうすればよかったとか、どうしてそうしなかったのかなどと真剣に悔やんでいるのです。後悔や羨望《せんぼう》や嫉妬《しっと》といった後ろ向きの感情にかき乱されて、早く手術の日がくればいいと思う一方で、過去の様々な記憶を辿《たど》っては、思い出し笑いをしたり、時には歓《よろこ》びで胸がいっぱいになったりもするのです。

「どうかしたのか」

私の異変に気づいた夫が、ある午後、血相を変えて訊ねました。

初夏の陽射《ひざ》しは、いまの私にはやや強すぎたようでした。眠りかけたのか、それとも軽い目眩《めまい》がしたのか、デッキチェアーから崩れ落ちそうになりました。目を閉じてしまったら、もう二度と元には戻れなくなる――冬山で遭難しかけた人のように、私は薄れてゆく意識の中でそんなことを思っていました。

夫によれば、それから私は「しばらく混乱していた」そうです。それ以上のことは教えてもらえなかったけれど、病室に戻ってから、私はちょっとした騒ぎを起こしてしまったようです。安定剤をもらって眠り続けたものの、頭痛がひどく、明け方に自分の悲鳴に驚いて目を覚ましました。落ち着きを取り戻してからも熱が下がらず、その日は半ば夢の中で生きているような心持ちでした。絶え間なくひそひそ声が聞こえ、耳鳴りがしました。私は、母や夫やあなたのことを考え、臼井さんと成美さんの姿を思い浮かべました。耳鳴りは波の音のようにも聞こえました。それはまだ幼いあなたの手を引いて、母を見舞いに行った大磯で聞いた海の音だったのかもしれないし、雪の舞鶴港で聞いた日本海の波音だったのかもしれません。

二年前の冬、いつもの年よりもひと月遅れで成美さんのお墓参りを済ませた私は、京都駅から電車を乗り継いで舞鶴に向かいました。臼井さん兄妹《きょうだい》が幼少時を過ごした街を一度この目で見たいと思ったのです。ただ漫然と街並を眺めるだけではなく、できれば彼らを知っている人に会って話を聞き、あの兄妹が抱え込んでいた幾つもの不思議の理由《わけ》を知りたいと思ったのです。

あてのない旅ではありませんでした。私は中道京子さんに会うつもりでした。中道さんのことは、名前だけならその何年も前から知っていました。臼井さんは何度か生まれ故郷である舞鶴のことを話してくれていたのですが、彼の話にはいつも中道さんが登場してきたのです。臼井さんの幼馴染《おさななじ》みだった彼女は地元の旅館の長女で、いまではその旅館の女将《おかみ》さんになっているはずでした。

中道さんには成美さんと同い年の妹がいて、妹同士も親友だったと聞いていた私は、旅館に予約の電話を入れた時、成美さんの友人だった者だと告げました。それは少しばかり残酷な切り出し方だったかもしれません。私は中道さんの妹が小夏という名前だったことも、その小夏さんが中学に上がる前に海で溺死《できし》したことも聞いていたのです。

電話の向こうの中道さんは、成美さんの名前にすぐに反応しました。彼女は私の身なりや背格好などを訊ね、駅に着いたら改札の前で待っているようにと言いました。

「きっと待っていてください。今朝からまたひどく吹雪《ふぶ》いているんですよ」

出迎えてくれるには及ばないという私の言葉を遮って、中道さんはそう言いました。その凜《りん》とした感じの声を聞きながら、「彼女はジョーン・バエズに似ていた」という臼井さんの言葉を思い出し、早くも好奇心を抑えきれなくなっていた私でした。

西舞鶴駅に着いたのは夕方でした。吹雪は収まっていましたが、駅舎の屋根には何本ものつららができていました。ホームの中央に大きな買い物籠《かご》を抱えた女性がいてすぐにそれが中道さんだとわかりました。ほっそりとした品の良さそうな女性で、背中まで届く豊かな髪を首のあたりでゆったりと束ねていました。

私は中道さんが運転する軽自動車で彼女の旅館に向かいました。旅館は車で数分のところでしたが、その間、中道さんは何度か手を振って対向車の運転手に挨拶をしました。道ばたには泥の混じった雪が残っていて、歩いている人たちはずいぶん苦労しているように見えました。信号待ちをしている時、防寒靴を履いた警官が車の窓を叩《たた》き、土地の言葉で中道さんに何か話しかけました。この街では、どうやら誰もが知り合いのようでした。

中道さんは、その昔、三船敏郎が泊まったという十畳間を用意してくれていました。その日の客は私一人だけのようで、夕食が済むと、彼女はご主人と一緒に私の部屋に挨拶にきました。白髪のご主人は五十歳という年齢よりもいくぶん老《ふ》けて見えたものの、地元の小学校で柔道を教えているというだけあって、がっしりとした体格の人でした。

夕食後、私はお茶を飲みながら中道さんと話をしました。彼女は私が何者であるのか判断しかねていたようで、最初のうち、話をしていたのはもっぱら私でした。

「万博には私も行きました」私の話が済むと、中道さんはそう切り出しました。「主人と一緒になった年で、新婚旅行の帰りに寄ってみたんです」

「何をご覧になられましたか」

「もう忘れてしまいました。憶《おぼ》えているのは万博に行ったということだけです。でも、臼井くんがあそこで働いていたなんて知りませんでした。彼、元気にしているのですか」

「ええ、とても元気にしています。いまは大阪の大学で教えているんですよ」

「そうだったんですか。ご存じなら、もっと聞かせて戴《いただ》きたいわ。家族のこととか。彼、子供は何人いるのですか」

中道さんは湯飲みを手にしながら臼井さんのことを訊ね、私の答えの一つひとつに相槌《あいづち》を打ちました。黒い手編みのセーターを着た彼女は、控え目な笑みを絶やさない、折り目正しい女性でした。微笑《ほほえ》むたびに白い歯が覗《のぞ》くのを見て、私はいつか下鴨の部屋で聞いた成美さんの言葉を思い出していました。

舞鶴は何もない街、というのが中道さんの口癖でした。仕事もないから、若い人たちは学校を出たら大阪や京都へ行ってしまい、街に残っているのは家業を継いでいる長男や長女だけなのだ、と。

「ここに取り残された者たちが集まると、いつも街を離れてしまった人の話になるんです。例えば、臼井くんはどうしているのかな、とか。暮れにもそんなことがありました。暮れに、お葬式が三つ続いたんですよ」

「お葬式が？」

「ええ。そのうちの一つは、私たちの中学の担任だった人の葬儀でした。お葬式のあと、同級生が何人か集まったのですが、その時、臼井くんの話になったんです」

中道さんは、それからぽつりぽつりと臼井さん一家のことを話し始めました。父親が小さな鉄工所で働いていたこと。生活は楽ではなく、母親が北陸の方にまで行商に出かけていたこと。その母親が帰ってくるのを改札の前で待っていた兄妹をよく見かけたけれど、そんな時は何となく臼井さんに話しかけるのが憚《はばか》られたと彼女は言いました。

「臼井くんは母親が行商をしていることを恥じていたんです。はっきりとは言いませんでしたが、私にはわかりました。家が旅館をしているなんて羨《うらや》ましいって、一度私に言ったことがあったから。長いお付き合いのようだから、おわかりでしょうけれど、彼は母親が行商をしていることを恥じている自分を恥じていたんです。そういう人なんです。一筋縄じゃいかない、とても複雑な人なんです」

「臼井さんはいつまでこの街にいたのですか」

「中二の冬までです。住んでいたアパートの取り壊しが決まったので伏見《ふしみ》に越すことになったというのが担任の説明でしたが、本当の理由は別にあったんです。転校してしまってからも彼のアパートは残っていたし、それに私、大家さんに話を聞きに行ったんです。そんなことをしたのは生まれて初めてでした」

「大家さんは何て？」

ほんの一瞬、それこそ瞬《まばた》きをするくらいの間でしたが、中道さんは探るような視線を私に向けました。

「彼のルーツはご存じなんでしょう？」

「ええ、知っています」

「臼井くんのお父さんは鉄工所を辞めさせられたんです。多分、朝鮮人だということがわかったからだと思います。彼の家は、ずっとそのことを隠していたんです。私は知っていたけれど」

「どうしてご存じだったの」

「成美ちゃんが妹に話していたんです。妹はまだ意味がわからなくて、私に何のことかと訊《き》きに来たんです。成美ちゃん、妹にこう言ったそうです。うちは朝鮮人やけど、それでもうちと仲良くしてくれはる、って」

「妹さんにはどう説明されたのですか」

「さあ、何て言ったかしら。何も言わなかったような気がします。憶えているのは、妹が私を怖がっていたことです。きっと私は、ずいぶん怖い顔をしていたんだと思います」

中道さんは私に翌日の予定を訊ねました。何の予定もないと答えると、彼女は「少し飲みませんか」と言いました。

ストーブに石油を注ぎ足し、グラスと氷を用意すると、中道さんはこんな話をしました。

「臼井くんは、中二の夏休みにサマースクールに行ったんです。場所は丹後の方でした。ずいぶんあとになって担任から聞いたのですが、それは朝鮮総聯主催のサマースクールだったんです。そこでどんなことがあったのか、私にはわかりません。憶えているのは始業式の日のことです。夏休みが終わって登校してきた時、臼井くんは、突然、李哲秀という名前になっていたんです」

変わったのは名前だけでなく、それからは彼自身も変わってしまった。クラスメイトたちもよそよそしくなったし、臼井くんもめったに笑顔を見せなくなった——ウイスキーのグラスを差し出しながら中道さんは続けました。

「成美ちゃんはああいう子だから、学校では平気な顔をしていましたが、妹の部屋に来てよく泣いていました。障子一枚隔てていただけだから、泣き声が聞こえてくるんです。どうすればいいのかわからなくて、そんな時はよく港の方まで歩きました。港の近くに小さな神社があって、そこには何度も行きました。子供の頃、よく臼井くんと一緒に遊んだ場所でね。いまでもその神社の脇《わき》を通ると、臼井くんや成美ちゃんのことを思い出すんです。もちろん、妹のことも。もうみんないなくなってしまったけれど」

氷を浮かべたグラスを合わせると、中道さんはいくらもしないうちに飲み干しました。新しいウイスキーを作りながら、彼女は他にもいくつかの話をしました。とりわけ私が胸打たれたのは、臼井さんが転校して行った日の話でした。

「その日は土曜日で、学校は半日でした。放課後の掃除が終わると、臼井くんは何も言わずに教室を出て行ったんです。校門まで見送りに出たのは私を入れて五人だけでした。その時のことがいまでも忘れられません。臼井くんは見送りにきた一人ひとりと握手をしたんです。まだ十四歳なのに、すごいと思った。彼はもう大人だったんです。握手をしながら、私は涙がとまらなかった。あんなに泣いたのは妹が死んだ時くらいです。その妹も臼井くんに夢中だったんですよ」

「転校してから、臼井さんとは？」

「それっきりです。でも、一度だけ雑誌で彼の名前を見かけました」

「雑誌で？」

「ええ。高三の時、全国共通の模擬試験があって、その時、臼井くん、関西で一番だったんです。その雑誌を買ってきて、部屋で何遍も彼の名前を見ました。自分のことのように誇らしく思った反面、彼がずっと遠いところへ行ってしまったみたいで少し淋《さみ》しくてね。本当のことを言うと、臼井くん、いつか舞鶴に戻ってきて、私と一緒にこの旅館をやってくれないかな、なんて思ったりしていたんですよ。もちろん、あり得ないことだけれど」

「中道さん、私はあり得ないことなんて、この世に一つもないという気がしているんですよ」

「どういうことですか」

「私はもう何年も前からあなたの名前を知っていました。彼は私にこう言っていました、中道さんはジョーン・バエズに似ていたって」

「ジョーン・バエズ？　まさか。でも、そう思っていたのなら、どうして言ってくれなかったのかしら。どれだけ勇気づけられたか知れないのに」

「彼は言わないわよ。何でもないような顔をしてそっぽを向いて、そのくせ色んな考えではちきれそうになっているのよ」

「そうかもしれませんね。臼井くんのことを思い出すと、私はいつも悔しくなるんです。彼は本当のことを何も話してくれなかった。どんな話を聞かされたって、私はちっとも驚かないつもりでいたのに」

中道さんは途中で部屋を出て、新しい氷と一緒に古いアルバムを持ってきました。ウイスキーを飲みながら、私たちは横並びになってそのアルバムに見入りました。写真というものが、あの時ほど貴重なものに思えたことはありません。ゆっくりとページをめくり、ところどころで微笑んだり頷《うなず》いたりしながら、彼女もまた遠い日のことを思い出しているようでした。

セーラー服を着て、生真面目《きまじめ》そうな表情でカメラを見つめている中道さんは、とてもしっかりした生徒に見えました。クラス委員の腕章をつけ、集合写真の中でも一際《ひときわ》目を引く彼女は、肩も腰もほっそりとしていながら、愛される少女に特有のふくよかさも兼ね備えているのでした。

いまも目に焼きついているのは、中学の校門前で、中道さんと臼井さんが並んで立っている写真です。笑顔を見せている中道さんとは対照的に、照れくさいのか、学生服姿の臼井さんは少し困ったような顔をしていました。最後のページに一枚だけ貼《は》られていたその写真は、中道さんにとっては殊《こと》に大事なもののようで、写真の下にはこんな手書きのメモが添えられていました。

〈入学式当日、母、写す。曇り。でも、特別に気持ちのいい朝。臼井くんと〉

その夜はなかなか眠れず、中道さんが置いていってくれたアルバムを見ながら、遅くまでラジオを聴いていました。二時過ぎにラジオを消すと、遠くの方から日本海の波音が聞こえてきました。NHKの最後のニュースによれば、翌日の舞鶴は十五センチほどの積雪があるだろうとのことでした。


翌朝、中道さんが呼んでくれたタクシーで、私はいくつかの場所を巡りました。彼女が教えてくれた神社や公園、私の人生の半分を支配した兄妹が通った学校などを見て回ったのです。もちろん、そこにあったのは何の変哲もない神社であり公園にすぎませんでした。古い木造校舎はとうに建て替わり、アパートがあったあたりは材木置き場になっていました。中道さんが言うように、そこには三十年前を偲《しの》ばせるようなものは何ひとつありはしませんでした。

それでも私は、ずいぶん長いこと材木置き場の前に立っていました。広い材木置き場には頻繁にトラックが出入りし、でこぼこになった地面は泥だらけでした。湿った材木の臭《にお》いを嗅《か》ぎながら、彼らが眺めたであろう光景を目にした私は、こう思わずにいられませんでした。私の人生は何て大きな間違いだったのだろうか、と。そして、もう何年も前に捨ててしまったはずの思いが――もしかしたら、というあの思いが再び頭をもたげてきたのです。

埠頭《ふとう》に着いたのは昼前でした。朝方に顔を覗かせていた太陽は黒い雲に覆《おお》われ、まるで夕方のような暗さでした。白髪頭の運転手はヘッドライトをつけ、ワイパーを使っていました。沖合から吹きつける強風に雪が舞って、どこから海が始まっているのかさえわからないほどでした。

埠頭のかなり手前で車を停めると、運転手は風が収まるのを待った方がいいと言いました。私は頷き、車の中で待つことにしました。

「舞鶴は初めてですか」私の方に横顔を見せながら、運転手はそう話しかけてきました。

「ええ、初めてです」

「さっきから思っていたんだが、お客さんはどこかの記者の人かね」

「そんなふうに見えますか」

「いや、そうは見えないが、何か調べ物でもされているのでしょう？　そうでなければ、こんなところには来ないだろうから」

私は友人を訪ねて来たついでに、一度日本海を見てみたかったのだと言いました。

運転手は頷き、「どちらから？」と訊《たず》ねました。「東京」と答えると、彼は自分の息子も東京に住んでいると言いました。

「一度だけ東京へ行きましたが、あそこは歩くのにずいぶん骨が折れるところですね。大森行きの電車に乗ったつもりが、川崎まで停まらないんですから」

それから彼は、問わず語りに一人息子の話をしました。息子は二年前に同志社大学を出て東京の会社に就職した。運転手の給料は安いから、学費を払うために借りたお金をやっと返し終えたところだと言いました。

「大阪や京都の会社でも十分なのに、あの子はどうしても東京へ行くと言ってきかなかった。女房もそうだし、私もうんと反対しましたよ。それでも、やっぱり大学にやってよかったと思っています。息子の卒業式に出たら涙が出たもの」

初めのうち私は上の空でしたが、さすがにこの時は何かねぎらいの言葉をかけてあげるべきだと思い、首を傾けて助手席の前にある名札を見ました。そして、そこに

「韓《ハン》」という名が書かれているのを見つけたのです。

「同志社大学はきれいな学校ですものね」と私は言いました。

「ええ、ええ、素晴らしい大学です」

「いい息子さんを持って、ハンさんは幸せですね」

下手な朝鮮語で語りかけると、運転手は弾《はじ》かれたように振り返りました。

「あなたは韓国の人だったのですか」

「いいえ、私は日本人ですが、この街で生まれた李美知子の友人だった者です。李美知子という女性です。李は私と同い年で、ここには小学校までしかいなかったのですが、彼女の両親のことはご存じですか」

父親の名を告げると、韓氏はメーターを止め、ハンドルにもたれかかるようにしてしばらく考え込んでいました。その時、私は彼の睫《まつげ》がひどく長いことに気がつきました。

「お役に立てなくて申し訳ありませんが、その人のことは知りません」

韓氏は何人かの韓国人の名前を挙げ、彼らなら何か知っているはずだから訊いてみようと言いました。それには及ばないと告げると、彼は言い訳でもするかのように「私は同胞との付き合いはほとんどしてこなかったんですよ」と言いました。

「私は日本人と結婚したんです。女房は去年死にましたが、能登《のと》の漁師の娘でした。女房の実家がそうしろというし、その方が何かと好都合なので、結婚している間、ずっと女房の姓を名乗っていたんです。だから、事情を知らない人はいまでも私を伊藤と呼びます」

「どうして本名に戻したのですか」

「お客さん、私は日本人としての将来を考えたことなんか、一度もありませんでしたよ。だって、日本人じゃないんですもの」

私の質問に、韓氏はがっかりしたような口調で言いました。

「若い頃は共和国に戻ろうと思って、貯金までしていたんです。でも女房は、北朝鮮に行くくらいなら離婚すると言っていました。私の父は済州島の生まれですが、女房はそこも嫌だという。長いこと、そんなことで言い合いをしてきたものです。でも、そのうち私も気がついたんです。私の故郷は他のどこでもなく、女房と三十五年間暮らした、この街なんだとね。本名を名乗っているのは、いわば感傷的な理由からです。会社も伊藤姓に戻せと言うし、そうしようかと考えていた矢先です」

話しているうちに風が小止《こや》みになりました。雲の切れ間から太陽が射《さ》してきたし、せっかく来たので埠頭を歩いてみることにしました。風が小止みになったといっても、埠頭には雪が舞っていて一緒にタクシーを下りた韓氏の長い睫はすぐに真っ白になりました。

私たちは近くの倉庫の陰に身を隠しました。何とか風をしのぐことはできたけれど、それでも煙草《たばこ》に火をつけるのに何本もマッチを無駄にしました。韓氏にも一本勧め、私たちは壁を背にして煙草を吸いました。

「雪はやみそうにないですね」私は叫ぶように言いました。

「ええ、これが冬の舞鶴です。昔はこんなものではありませんでした」

雲に覆われて急にあたりが暗くなると、近くに一軒だけ建っていた古い民家の窓に蛍光灯が灯《とも》りました。韓氏によれば、それは何年か前に高校を定年退職した女性の家で、彼女はいまも独身のまま、年老いた両親の面倒を看《み》ているということでした。

「うちの息子はあの先生に英語を習っていたんです。先生は昔から脚が悪くて、いまではご両親の面倒もあまり看られなくなっているらしいのです」

「それは大変そうですね」

「ええ、本当にお気の毒です。先生の家には車がないから、時々タクシーに乗ってくれるのですが、迎えに行くと失礼ながら何だか嫌な臭いがするんですよ」

急にまた風が強まり、地響きのような波音が聞こえてきました。

「ここにいたら風邪をひいてしまう。もう車に戻りましょう」

韓氏の言葉に頷きながら、私はもう一度、英語教師だった人の家を眺めました。もう何日も外に出ていないらしく、門と玄関の間にはかなりの雪が降り積もっていました。思えば、ずいぶん前から暗くなっていたのに、部屋に電気がついたのはほんの少し前なのでした。彼らにこの冬が乗りきれるだろうか――小さな家に住む年老いた親子の姿を想像しながら、私はそんなことを思っていました。

車に戻ると、韓氏は助手席にあった時刻表を広げました。京都行の電車が出るまで、まだかなりの時間があったので、私たちはエンジンをかけた車内でなおしばらく話をしました。煙草を吸うために少しだけ窓を開けると、雷鳴のような音が響いてきました。荒れた日本海の波は、いまにも私たちのところに迫ってくるかのようでした。私はその恐ろしいような音に胸を衝《つ》かれました。それは、私の知らない日本でした。

この人生に私が何を求めていたのか――ここまで根気よく付き合ってくれたなら、もうわかったでしょう。私は時間をかけて、どこかにあるはずの宝物を探し回っていたのです。ただ漫然と生きていては何も見つけることはできない。でも、耳を澄まし、目を見開いて注意深く進めば、きっと何かが見えてくるはずです。

四十年以上の歳月をかけて、では私はどんな宝物を見つけたのでしょう？　訊ねられたとすれば、こう答えます。私は臼井さんを見つけ、夫やあなたを得た、と。その結果、途方もない感情の激しさを経験することができた、と。他の人が聞けばがっかりするかもしれないけれど、それだけでも大したものだと自分では思っているのです。

さあ、今度はあなたたちの番です。何も難しく考える必要はありません。人生は宝探しなのです。嫌でも歩き出さなければならないのだし、それなら最初から宝探しと割りきった方が楽しいに決まっているではないですか。そう、楽しめばいいのです。

旅の途中には多くの困難があるでしょう。世の中は好きになれない人間、同意できない人間でいっぱいです。中には嫉妬《しっと》や憎悪《ぞうお》、悪意など、あらゆるマイナスの感情を持って、あなたの冒険を邪魔しにかかる人間もいるでしょう。私の前にも、そんな人たちが何人も現れました。そのたびに、私はいちいち彼らを憎んだり恨んだりしたものだけれど、いまでは感謝さえしています。皮肉で言うのではなく、ああした人たちがいなかったら、せっかくの宝探しもひどく味気ないものになっていたと思うから。

迷った時は急がずに立ち止まりなさい。慌《あわ》てたって、いいことは一つもありはしないのです。物事を理性的に、順序立てて考えるのは悪いことではないし、勉強や読書は常にあなたの助けになってくれるでしょう。でも、これだけは忘れないように。何にもまして重要なのは内心の訴えなのです。あなたは何をしたいのか。何になりたいのか。どういう人間として、どんな人生を送りたいのか。それは一時的な気の迷いなのか。それともやむにやまれぬ本能の訴えなのか。耳を澄まして、じっと自分の声を聞くことです。歩き出すのは、それからでも遅くはないのだから。

私はもう十分に楽しんだつもりです。それなのに、どうしてだろう？　いまは涙がとまらない。それに、もっともっと泣いていたいし、どうせならナイアガラにも匹敵する涙を流して死にたいと思う。でも、どうしてなんだろう？　本当に涙がとまらない。これから臼井さんに電話しちゃおうかな。最後に一度くらい、いいでしょう？

テープはここで終わっている。実際にはもう少し続くのだけれど、それは葉子に対するやや説教くさい忠告であり、家の中のことに関する細々とした伝達といったものだ。

僕と葉子は結婚してから三度目の冬を迎え、息子たちも三歳になった。

僕たちは月に一度、葉子の実家へ泊まりに行き、五人で食事をする。その夜は議論好きの葉子の父親と、議論をしたところで解決しないであろう社会問題などについて語り合いながら、いくらか居心地の悪い思いで酒を飲むことになる。

九時になり、子供たちがどうにか寝静まる頃には、葉子もすっかり疲れきって彼らの隣で寝息を立てている。葉子の父親も孫の寝顔を見に行ったりして、そのうち一緒になって寝てしまう。

僕の時間はそこから始まる。

ようやく一人になると、僕は直美が使っていた部屋へ行く。

この部屋ではノスタルジアがいとも簡単に手に入る。「ロック喫茶が開業できる」と葉子が言うように、直美は膨大なロックアルバムのコレクションを持っていた。そこには『ダンス天国』からセックス・ピストルズの海賊版までが揃《そろ》っている。数えてみたことはないけれど、たっぷり三千枚はあるだろう。

僕はその中から適当なレコードを取り出して、夜が更《ふ》けるまで聴く。音質はけしてよいとは言えないし、六〇年以前のレコードなどは聴けた代物《しろもの》ではない。それでも、僕はターンテーブルに載せたレコードで聴く。別に懐古趣味からそうするのではない。どういうわけか、僕はぐるぐる回っているものを見るのが好きなのだ。葉子がいない時には、動いている洗濯機の中をじっと見つめていることさえある。自分でも説明がつかないのだけれど、子供の頃から回るものなら何でも好きだった。

遠い昔に、そのことを葉子に打ち明けたことがある。十歳かそこらの頃のことだ。葉子はひどく面白がり、家に帰って、さっそく母親にその話をしたらしい。

「偶然ね。私も回っているものを見るのが大好きなの。洗濯機もいいけれど、お風呂《ふろ》の水が渦巻きながら穴の中に吸い込まれていくのを眺めるのも楽しいわよ」

次に会った時、直美はそんなふうに話しかけてきた。レコードや扇風機、電子レンジ、柱時計の秒針など、彼女は思いつく限りのものを並べ立てた。どれも生活の中で目にするものばかりだった。四条直美は生活を愛していたのだ。
その日の直美はショートヘアを栗色《くりいろ》に染め、薬指に銀の指輪をしていた。美容院からの帰りらしく、並んで歩くと大人の女の匂《にお》いがした。その匂いは、僕の中で彼女の記憶とわかち難く結びついている。四条直美は、僕が初めて好きになった大人の女だった。

この部屋にはレコードコレクションに負けないほどの蔵書がある。とはいえ、半分近くは洋書のペイパーバックだ。古いレコードを聴きながら、僕は繰り返し読まれた形跡がある本を探して読む。趣味を反映してか、美術関係の本が多い。直美はあちこちにアンダーラインを引き、欄外にも様々な書き込みをしていた。アンダーラインが付されているのは、例えばディドロが書いたとされるこんな文章だ。

私はフランドル絵画のほとんどすべてに才能の存在を認める。しかし、そのどこを探しても「雅趣《グー》」は見つからないのだ。

ある夜、ヤードバーズを聴こうと思い、アルバムジャケットからレコードを取り出すと、中から一枚のモノクロ写真が出てきた。

写真には上半身裸でベンチに腰かけている二十代半ばの男が写っていた。男は銀縁の眼鏡をかけ、コカ・コーラの瓶を手にカメラの方を見つめている。見据えている、といった方がいいかもしれない。大きく見開かれた目は、彼が強い自我の持ち主であることを感じさせる。場所はどこかの公園のようだが、どこなのかは見当もつかない。それでも、写真の男が臼井という人物であることは明らかなように思えた。僕は他のレコードの中も調べてみることにした。いちいちジャケットから取り出す必要があったので、この作業は明け方近くまでかかった。

写真はもう一枚見つかった。壁に落書きのあるレストランで、他の何人かと食事をしている中に、若い日の直美と一緒に彼が写っていた。誰かが不意に撮ったものらしく、被写体になった人たちは、特にカメラを意識することもなく話をしているように見える。こちらはカラーで、写真の裏には全員の名前が書かれていた。間違いなく、彼こそ、直美が愛した男だった。

それまで、僕は何度となく臼井という人のことを考えてきた。繰り返し考え続けたせいで、想像の中ですでに一人の人物ができ上がっていた。僕が思い描いていたのは学者肌の、どちらかといえばひ弱な感じの優男《やさおとこ》だったのだけれど、写真の男はテープに登場する人物とはかなり印象が違った。瘦《や》せてはいたものの、ひ弱どころか、筋肉質の頑丈そうな身体《からだ》をした男だった。大きな瞳《ひとみ》と眉《まゆ》の間が迫っていて、それはまるで一対になっているように見える。ベンチに腰かけている写真など、見ようによっては怖いような印象さえあった。煙草の火を貸してくれと頼んでも無視されるに違いない。写真の男にはそんな雰囲気があった。

そのニュースを見たのは、会社の地下のビュッフェでコーヒーを飲んでいる時だった。大阪万博の開催日からちょうど三十年がたって、当時埋めておいたタイムカプセルが掘り起こされたというのである。

短いニュースの最後に、かつてコンパニオンをしていたという女性が出てきて、カメラの前で懐《なつ》かしそうに三十年前のイベントを振り返っていた。カプセルはいくつも埋められたらしく、次に開封されるのは二一〇〇年だという。もう誰も生きちゃいない。それでも、百年後の人たちはカプセルを開け、やはりそれをニュースとして報じるのだろうか？　その時、日本は一体どんな国になっているのだろう？

最後に直美に会ったのは高二の冬だ。学校帰りに上野毛の駅前で声をかけられ、多少どきどきしながら、それでも誘われるまま彼女の家に行った。

「コーヒーでも飲む？」

そう言ってから思い直したらしく、「やっぱりビールにしようか」と彼女は言った。菓子がホームステイ先から送ってきた写真を見ながら、僕たちは一緒にビールを飲んだ。ビール瓶が空になると、オンザロックで『J&B』を飲んだ。直美はアメリカから届いた手紙を読み上げ、いくつかの場面で笑い声をあげた。そして、馬鹿《ばか》な子ね、と呟《つぶや》いた。

「ねえ、付き合っている子はいるの？」

会話が途切れると、直美はそう訊《たず》ねてきた。僕が首を振ると、「きっと面倒臭いんでしょう」と言った。「女って、面倒臭いのよね」

面倒臭いと言われれば確かにそうなので、僕は黙って頷《うなず》いた。

実際には、その半年ほど前から、ある女の子と付き合っていた。その子は可愛《かわい》らしい顔をしていたし、実際、悪くない子だった。悪くないどころか、付き合い始めたばかりの頃は三等賞くらいの宝くじに当たったような気分だった。何なら二等賞といってもいい。それでも、直美を前にすると、わざわざ話して聞かせるほどの相手でもないような気がした。

直美との思い出を反芻《はんすう》しながら僕は何時間でも飲むことができるけれど、いまでは結婚する前に付き合っていた女の子たちの記憶も薄れかけている。何人かの子は、名前さえ、すぐには思い出すことができない。四条直美にあって他の女たちになかったもの、それこそがディドロの言う「雅趣《グー》」だったのではないか——酔うほどに、そんなふうに思えてきて仕方がないのだ。

あのニュースを観《み》た数日後、幼稚園の制服が届いた。

紺のセーラー服に蝶《ちょう》ネクタイがついていて、二人に着せてみるとよく似合った。黄色いベレー帽も、茶色のカバンも可愛らしかった。二週間後の入園式が待ちきれず、その日のうちに記念写真を撮りに行った。

「この子たちはモデルにした方がいい」

そんな写真屋のおだてを真に受け、葉子はすっかり舞いあがっていた。

その夜、子供たちが寝静まってから、入園祝いに買っておいたシャンパンを開けた。母親ほどではないにせよ、葉子も酒はかなり強い。

葉子は、僕の実家に子供たちを預けて、入園式の前に二人でどこかへ行きたいと言った。ハワイ、グアム、サイパン、それからぐっと近づいて箱根、熱海、下田……いくつかの候補地の中に京都が出てきた。この時、久しぶりに彼の話をした。葉子は彼のことを「あの人」と呼んだ。彼女は「あの人」の顔さえも知らないのだった。

二人で話しているうち、雨が降ってきた。一分もしないうちに、窓を叩《たた》く音がやかましいほどの降りになった。雨音に驚いたのか、上の子が起き出してきた。彼は泣きもせず、ただ怯《おび》えたような目で母親の方を見上げていた。葉子は彼を抱き上げて窓辺に寄り、外を指差して「レイン」と言った。すると、長男も「レイン」と繰り返した。カウンセラーの言う「心の携帯電話」が鳴ったらしく、下の子もすぐに目を覚ました。僕は次男を肩車し、天井を触らせてやった。彼はこれが大好きなのだ。

「その子もこっちに頂戴《ちょうだい》」

そう言って、葉子は僕の方に腕を伸ばした。次男を渡すと、彼女は左腕で軽々と彼を抱き上げた。心なしか、二の腕が少し太くなったような気がする。

「私、もう旅行なんかどうでもいい。この子たちがいなければ、どこへ行ったってちっとも楽しくないもの」

そう言うと、葉子は次男の耳もとに「レイン」と囁《ささや》きかけた。母親にしがみついたまま、彼は何も答えようとしなかった。それでも長男が「レイン」と言い、葉子が同じ言葉を繰り返すと、次男も鸚鵡《おうむ》返しに「レイン」と呟いた。二人とも、なかなか発音がいい。少なくとも、僕には真似《まね》のできない発音だった。

僕たちは再びソファーに腰かけ、残りのシャンパンをグラスにわけあった。

「母にも、この子たちを見せてあげたかった」

「ああ、そうだね」

「きっと夢中になっていたはずよ」

「うん、きっとそうだ」

雨はやみそうになかった。葉子は入園式の前に桜が散ってしまうのではないかと心配した。子供たちは窓を叩きながら、まだ「レイン、レイン」と繰り返していた。

「この家で英語が話せないのは俺だけだな」

僕がそう言うと、葉子は笑い声をあげた。それから、ひと息で最後のシャンパンを飲み干すと、グラスを手にしたまま、葉子はさめざめと泣いた。


文部省に勤める友人に調べてもらうと、李哲秀の所在はすぐに分かった。彼は大阪のある大学の教授であり、近く研究目的で渡米する予定になっていた。国交のない朝鮮籍のままでは渡米することはできない。恐らく韓国籍に切り替えたのだろう。でも、そうするまでの間には、やはり様々なことがあったに違いない。ともかくも、彼は色々なことを考えさせる男ではあった。

小高い、人工的な丘に登ると、庭園の造りが大体のところ理解できた。中央に大きな池があり、高そうな鯉《こい》が泳いでいるのが見える。桜はあらかた散ってしまい、雨上がりの道には、ところどころにピンク色の花びらが落ちていた。散歩道の周囲には、これまた人工的な小川が幾筋か流れている。小川の水はスイッチ一つで制御できるらしい。造園業者らしき男が観光客にそう説明しているのを聞いた。

庭園のゲートを出ると、百メートルほど先に停まっているタクシーがパッシングをした。一時間前に僕をメイン・ゲートまで乗せてきたタクシーだった。日本庭園を見てから京都へ行く——僕がそう言うのを聞いて、わざわざやって来たのだ。のべつまくなしに喋《しゃべ》り続ける運転手で、うるさいったらありゃしない。僕は彼を無視してバラ園の中へ足を踏み入れた。バラ園の先が万国博ホールで、その向こうに聳《そび》え立っているのが「太陽の塔」だ。

高さ七十メートルの塔は、公園のどこからでも見ることができる。僕はもう一度「太陽の塔」まで歩き、万博記念公園駅からモノレールに乗ろうと思った。バスに乗るのも悪くない。ともかくも、あのタクシー以外の何かに乗ろうと思った。

東の空に雨雲が残っているせいか、土曜日の午後だというのに、公園内は暗く閑散としていた。バラ園の脇《わき》を通り抜けてしばらく歩き、天井の高い、小綺麗《こぎれい》なレストランに入ってビールを注文した。客は僕の他に二人しかいない。ビールを飲みながら、テーブルの上に彼の写真を置き、その横に入園式の日に撮影した子供たちの写真を並べた。これが最近の習慣になっている。この二枚の写真は何度見ても飽きることがない。

レジの近くにいた従業員たちが、「京都は土砂降りらしい」と話しているのが聞こえてきた。それがきっかけで桜の話になり、ちょっとした議論になった。二十歳くらいの男が「御室《おむろ》の桜がすごかった」と言うと、年嵩《としかさ》に見える男が琵琶湖《びわこ》のほとりで見たという桜の美しさについて語った。桜に関してはそれぞれが一家言あるらしく、いくつもの地名が挙げられた。

議論が一段落するのを待って追加のビールを注文し、それを飲んでからレストランを出た。駅の方に向かってぶらぶらと歩き、その昔、「お祭り広場」と呼ばれていたあたりに差しかかった時、携帯電話が鳴った。彼からだった。あと一、二時間で仕事が終わるから、約束通りの時間に会えるだろうと彼は言った。時計を見ると四時前で、約束の時間まではまだたっぷり間があった。

京都ホテルに泊まるのは二度目だった。といっても、両親に連れられてきたのは子供の頃で、当時の記憶はきれいさっぱり消え去っている。何年か前に建て替えられたらしく、僕が足を踏み入れたのは贅《ぜい》を尽くした大ホテルだった。

八時ちょうどに、エレベーターで一階に下りると、フロントの脇に彼らしき男が立っていた。電話での説明通り、黒いジャケットを着て革のカバンを持っている。身長は「一八〇センチくらい」と言っていたけれど、もう少し高いかもしれない。すぐに声をかける決心がつかず、少しの間、僕はエレベーター・ホールから彼の様子を観察した。そのあたりは礼服を着た人たちで混雑していて、うまい具合に人込みに紛れることができた。

彼は実に興味の尽きない外見の持ち主だった。とはいえ、それを言葉で言い表すのは難しい。高価そうなジャケットにメタルフレームの眼鏡をかけた彼は、学者のようにも見えるし、床屋から出てきたエアロスミスのメンバーのようにも見える。もう五十五歳になっているはずなのに、血色のいい、浅黒い肌のせいか、とてもそんな年には見えない。といって、単に若々しいというのとも違う。誰か似た人物の名前を挙げられればいいのだけれど、どうにも思いつかない。

僕の視線に気づいたらしく、やがて彼がこちらに向き直った。恐るおそる近づいて声をかけると、彼の方が先に「臼井です」と名乗り、確認でもするように僕の名前を口にした。僕は不思議に思い、どうしてフルネームを知っているのかと訊ねた。

「調べたからだよ」と彼は言った。「君も俺のことを調べたんだろう。俺だってそのくらいのことはするさ。でも、まだ調べがついていないこともある」

「どんなことですか」

「そのことは、あとで訊《き》く。よかったら俺の知っている店で話さないか」

僕たちはホテルの前の十字路を渡り、小さな川沿いの道をしばらく歩いた。道々、彼は仕事のことや子供たちの様子を訊ねた。質問に答えながら、僕はそれとなく彼の様子を観察した。唇を真一文字に結び、生真面目《きまじめ》そうな目をした彼は、誰が見ても無口な人という印象だが、それでも想像していたよりはずっと口数が多かった。

僕たちは木屋町通の古い造りの小料理屋に入り、カウンターの奥の小さな座敷に就いた。

「この人が直美さんの義理の息子だ」

挨拶《あいさつ》にきた女将《おかみ》に彼がそう説明するのを聞いて、僕は直美が何度かこの店に来ていたらしいことを知った。六十がらみの女将は、直美が書いた本にサインをしてもらったことがあると言った。あまり売れなかったけれど、それは僕が大好きな本だった。その本のことについて話しながら、彼と差し向かいで日本酒を飲んだ。彼は直美が書いたいくつかの文章を引用し、「いかにもあの人らしい」と言った。それはもう、まったくその通りなのだ。

「北朝鮮というのはどういう国なんですか」

会話が途切れたところでそう訊ねると、彼は意外そうな目で僕を見つめ、「君はあの国のことをよく知らないんだな」と言った。「俺はあの国には一度も行ったことがないんだよ」

「そうだったんですか」僕には、それこそが意外なことに思えた。

「もちろん、行ってみたいと思ったし、行くこともできた。でも、行く以上は、帰って来られないのを覚悟して行くしかなかった。たまに再出国の許可が下りることがあっても、それは年にほんの数人だ。さあ、君だったらどうする？　行くか？　それとも自分の国でもないところで、ずっと違う名前で生きていくか」

「そんなこと、僕には答えられませんよ」

「そうだろうな。俺にも答えられなかったよ」

それから彼は、新潟の歓楽街の話をした。なぜそんな話をするのか、最初のうちはよくわからなかったけれど、聞いているうちに一つに結びついてきた。北朝鮮行きの船は新潟港から出航する。彼はその船に乗る人たちを見送るために車を買い、何度となく新潟へ行ったと話した。そのせいで、古町という歓楽街には馴染《なじ》みの店が何軒もできた、とも。

「ある時、高校の同級生があの国へ行くことになった。その男とは、卒業してからもたまに飲んだりしていたんだ。こんなふうにな。その男を新潟まで乗せていって、最後に古町で一緒に飲んだ時のことをいまでも憶《おぼ》えている。そいつは思い出話をしたがった。高校の時に好きだった女の子のこととか、そういう男だ。でも、あと何時間後かに別れることがわかっている相手とは、思い出話をするよりも真剣に話した方がずっといい。そう思ったから、俺は手紙の書き方を話した。もしどうしても耐えられないことがあったら、手紙の最後に素晴らしい国だと書けって。ずいぶんたってから手紙が届いたと聞いて、その男の実家へ行ってみた」

「手紙の最後には何て？」

「素晴らしい、素晴らしい、素晴らしい国だと鉛筆で書かれていたよ」

「それで、思い留まったのですね」

「いいや、そうじゃない。それでもまだ、俺はあの国に行ってみたいと思ったし、妹も行きたがっていた。ちょうどその頃だよ、直美さんに会ったのは。多分、そのせいだと思う。女のせいだよ」

この時、僕は彼にテープを見せ、直美が吹き込んだものだと伝えた。彼はさして驚いた様子もなく、小さく頷《うなず》きながら聞いていた。

「テープのことはご存じでしたか」と僕は訊《たず》ねた。

「いいや、それはいま初めて聞いた。でも、直美さんのことだから、きっと何か残しただろうとは思っていた」

「どうして、そう思ったのですか」

「どうしてって、君はそうは思わなかったのか。君だって、彼女のことは知っているんだろう?」

「ええ、知っています。でも僕は、臼井さんがどうしてそう思ったのかを知りたいんです」

「そうか。じゃあ、もう少し飲んでから話す」

そう言いながら、彼はすぐにこう続けた。

「直美さんは自分の気持ちを隠しきれない人だった。とても頭のいい人だったけれど、それ以上に感情の人だった。本当に、いまにも爆発してしまいそうな感情の持ち主でね。それが彼女の一番の魅力だった。直美さんは、暇があれば誰かの悪口を言っていた。それが激烈で、いちいち的を射ているんだ。それでいて、ものすごく可愛《かわい》らしいところもあった。そんな女に会ったのは初めてだったし、会うたびに圧倒されたよ。少なくとも俺にとってはそうだったたし、君だってそう思っているんだろう?」

「ええ、正直に言うと、ずっと似た人を探していたんです。でも、あの人は他の誰にも似ていなかった」

「他にいないんだから、好きにならずにいられないよな」

「そういうことだと思います」

直美のことを話しながら、その夜はずいぶん酒を飲んだ。彼は僕の知らない話をいくつもしたし、僕の話にも面白そうに耳を傾けていた。やがてカウンターに残っていた客が席を立ち、洗い場であと片づけが始まった。時計を見ると、十二時を回っていた。僕たちはメールのアドレスを伝え合い、いつかまた会おうと約束した。その「いつか」について話していると、女将がやってきて「そろそろお開きにしましょう」と言った。

「ホテルのロビーでおっしゃっていた、まだ調べがついていないことって何ですか」

最後に、僕はずっと気になっていたことを訊ねた。

「ああ、あれか。あれは君の奥さんのことだ」

「どんなことですか」

「奥さんとはうまくいっているか」

「ええ、まあまあです」

「まあまあ、か」

「僕たちはもう二十年以上の付き合いなんです。だから、まあまあっていうのは、かなりうまくいっているという意味です」

「それはよかった」

僕は入園式の日に撮影した子供たちの写真を彼に見せ、それから葉子が二人を抱いている写真をテーブルの上に置いた。ずいぶん長い間、彼は二枚の写真を見較《みくら》べていた。その真剣な眼差《まなざ》しが、何だか嬉《うれ》しかった。

「僕の家はごらんの通りですが、臼井さんのおたくはいかがですか」

そう訊ねると、彼は小さく笑い、「うん、まあまあだね」と言った。

解説　「宝探し」がしたくなる小説

尾崎将也

この小説をあえてジャンル分けするなら、ラブストーリーということになるのだろう。しかしそれだけにはとどまらない、もっと深く豊かな世界がここにはある。

「僕」という人物がまず語り手として登場する。彼は主人公・四条直美の娘・葉子と結婚して直美の義理の息子となる人物だ。作品の大部分は「直美が過去を語るテープ」という形の回想描写で占められるのだが、それを読者に紹介する役は「僕」が担う。普通なら母のテープを受け取った娘の葉子が案内役となるところだろう。なぜ間に葉子をはさんだ他人の「僕」が語り手として選ばれたのだろう。

直美の語りが始まると、次第に彼女が語る物語に引き込まれていき、この物語が「僕」によって紹介されたものだということを忘れかける。そしてときどきふと思い出しては「あの『僕』の存在はどういう意味を持つのだろう」と考える。

この物語は昭和四十五年に開催された大阪万博が大きな舞台となっている。私は昭和三十五年生まれで、万博のときは小学四年生だった。住んでいたのが兵庫県西宮市で会場に割と近いこともあって、会期中は頭の半分が万博で占められていると言っていいくらいの熱狂状態にあった。今でもパビリオンの写真を見ればどこのパビリオンか答えることが出来るし、それが会場の中のどこに位置していたかも何となく覚えている。

一番強烈に記憶に残っているのは、会場全体が放つ不思議な空気感のようなものだ。これを言葉で表すのは難しい。確実に言えるのはそこには地続きの未来があったということだ。

例えばディズニーランドは外の日常空間とは隔絶されたおとぎの国を演出し、客はそこに入ることで日常生活を忘れるが、万博はそうではなかった。日常の世界に割り込むようにドカンと未来が唐突に出現したような感じだったのだ。

夜、西宮の自宅から万博の方を見ると空がボウッと明るくなっていた。いや、もしかしたらそれは気のせいだったかもしれない。今となってはあの距離で明かりが見えるだろうか?という気もする。「あそこに万博がある」という思いがそう錯覚させたのかもしれない。当時の私は万博が見せてくれる未来の夢だけに熱狂し、そこで多くの人が働いており、それぞれの人生があるということに思いを馳せることはなかった。

物語に話を戻そう。万博会場でコンパニオンをすることになった直美は、協会本部に勤める臼井《うすい》と出会う。そこから二人の間に恋が生まれていく様子が淡々と描かれる。実際、多くの恋愛はこのようにとりたてて劇的な展開のない中で育まれていくものなのだろう。作られたお話ではなく、まるで誰かの実際の体験談を読んでいるような感覚を抱く。

ところが、このまま淡々とした描写が最後まで続くのかと思いきや、物語は衝撃的な展開を迎える。臼井の抱えている秘密を直美は知ることになり、そのせいで直美は彼との別れを選ぶのだ。

それは「人類の進歩と調和」をテーマとした万博会場で働くヒロインには似つかわしくない行動にも見える。

ここで改めて気づくのは万博が開催された昭和四十五年は戦争が終わってまだ二十五年しか経っていなかったということだ。経済白書に「もはや戦後ではない」と書かれて流行語になったのは昭和三十一年。万博より十四年も前のことだ。しかしこの作品の登場人物たちにとっては戦後は終わっていない。

直美の家は没落した旧家。祖父はA級戦犯で、そのことを家族、特に父は大きく引きずっている。父に反発して万博で働くことを選んだ直美も、古い時代の呪縛から逃れられていなかったのだろうか。

この回想をテープに吹き込んでいる現在の直美は病魔に侵されている。ただ昔を懐かしんで回想しているわけではない。

直美は過去を語りながら、自分の選択は間違っていたのだろうかと自問自答する。「もしかしたら有り得たかもしれないもう一つの人生、そのことを考えなかった日は一日もありませんでした」と直美は言う。

人生は選択の連続だ。「あのとき別の選択をしていたら」と思うことは少なくない。しかしやり直しはきかない。その「一回性」が人生の本質だ。

直美はそれを葉子に伝えようとする。「間違った選択をするな」ということではない。後で後悔するようなことは少なからずあるだろう。それでも人は生きて行かねばならない。

ここで「僕」が存在する意味が出てくるような気がする。直美と「僕」は本来は赤の他人だった。しかし今では「僕」は直美の娘の夫となり、直美の孫の父親となっている。葉子が「選んだ」から彼はここにいるのだ。

「僕」は直美から人生のバトンを受け取り、次に受け渡す役割を負っている。何かの拍子に違う人生を歩んでいたかもしれない彼が今ここにいるということに、人生の面白さと不思議さを感じる。

最後の方で直美は言う。「さあ、今度はあなたたちの番です。何も難しく考える必要はありません。人生は宝探しなのです」

「僕」と同じようにその言葉を受け取って、私はこの本を閉じた。自分の宝探しを続行するために。


（脚本家）

＊本書は二〇〇五年十一月に新潮文庫から刊行された『水曜の朝、午前三時』に加筆修正をしたものです。

水曜《すいよう》の朝《あさ》、午前三時《ごぜんさんじ》

二〇一七年一一月二〇日　初版発行
二〇二五年　六　月三〇日　34刷発行

著　者　蓮見《はすみ》圭一《けいいち》

発行者　小野寺優
発行所　株式会社河出書房新社
〒一六二-八五四四
東京都新宿区東五軒町二-一三
電話〇三-三四〇四-八六一一（編集）
〇三-三四〇四-一二〇一（営業）
https://www.kawade.co.jp/

ロゴ・表紙デザイン　粟津潔
本文フォーマット　佐々木暁
本文組版　有限会社中央制作社
印刷・製本　TOPPANクロレ株式会社

Printed in Japan　ISBN978-4-309-41574-1